小学館文庫

教師 宮沢賢治のしごと

畑山 博

小学館

教師　宮沢賢治のしごと　目次

教師 宮沢賢治のしごと

本書に記された地名、人物の職業、在住地などはすべて取材当時のものです。

第一章　星からきた先生

私は大正十二年に当時花巻農学校に入学したのでありますが、入学試験当日より宮沢先生を初めて知ったのであります。

学科試験が終った者は、次々と別室に於て口頭質問があったので、一列行列で自分の順番を待ったものです。

愈々自分の番に当り、ドアを開けてはいりますと、二人の試験官が居ります。最初は宮沢先生、二人目は畠山校長です。

田舎者のあばれん坊の私も、その時は心を冷静にして宮沢先生に深く礼をして立向って、問題を待ちました。どんな面倒な事を訊かれるだろうと心配して居りますと、第一声のお話は「あなたはどこの学校を卒業してきましたか」との事でした。なあんだ簡単な事かと思い「はい、湯本学校です」とはっきり申し上げました。

次の質問は「あなたは何の為にこの学校にはいりたいのですか」「はい、家で百姓したい為であります」ときっぱり申上げました。こんな事ばかり質問されるのなら大した事はない安いものだと思うと、心はすうっとなって落ちついたものでした。次の質問は「あなたの手の中を見せて下さい」と申されましたので、即座に両手の中を見せました。質問はこれだけでありました。

次の試験官の畠山校長は、椅子にどっしり胸をそらし、ひげをはやし、髪を分け、金縁の眼鏡の立派な偉風堂々たる紳士。試問されたのでありますが、今日いくら考えてもその言葉を思い出せません。只、宮沢先生の言葉だけ知って居るのはどうした事でありましょう。宮沢先生は、いつもニコニコの笑顔で、鉛筆でコッコッ机をならしながらの試問で終ったのでした。

これは、現花巻農業高等学校の文芸クラブ誌「羅須文芸」が、一九六五年に組んだ「宮沢賢治と教え子」という特集のために、かつての生徒の一人であった平来作（逝去）が寄せたコメントである。

文中にある大正十二年（春）というのは、賢治が花巻農学校の教師となってから十五ヵ月目の、いかにも脂ののりはじめた時期だ。

同じ大正十二年の春、晴山亮一（現在花巻市城内在住）は、進路を決めるために悩んでいた。高等小学校を終った後、ほんとうは盛岡の師範学校に進みたかった。そのための試験勉強もずっとしてきていた。が、肉親の病気と家計の方にもちょうど困った事情が重なって、その進学は諦めなければならなかった。近間の農学校ですまそうということになった。

が、そのことが、その後の彼の人生を大きく変えた。

入学式の日に彼の見た賢治は、ほう、というほどスーツ姿がよくきまって、少しはすに構えて立っていた。

「第一印象は、先生としてどこかおかしな人じゃないかなっていうことでした」

晴山は言う。

「いや、気どった人という意味ではないのですよ。外人みたいに色が白くて、髪が濃く黒くて、心ここになしという感じで、あさっての方を見ているのですよ……」

その印象をその後の二年間の授業の中で、変えられたというのか、変えられなかったというのか、晴山亮一にはそれは生涯で二度と遇うことの出来ないまばゆい体験となった。

月目に出会っている。

長坂俊雄（現在花巻市狼沢在住）はそれより一年前、賢治がまだ教師になって三ヵ月目に出会っている。

初め長坂は、自分の進路をまだ決めかねていた。それで、農学校を受験するという友だちについてきただけなのだ。

時間がきて、友だちは試験場に入っていった。手持ぶさたになった長坂は、しかたなく校舎の脇にしゃがんで、石ころを拾ったりぶつけたりしていた。

「そしたら、そこへ、廊下から一人の先生が出てきて、わたしを見つけたのですよ」

彼は言う。

「わたしを見つけて手招きするんですよ。で、行くと、『どうしたんだ』と訊くのです。それでわけを言ったんです。そしたら、『それでは退屈だろうから、君も試験を受けちゃいなさい』と、いたずらっぽく言われたのです。それが賢治先生だったのです」

眼を細めて、大事な本のページでもめくるようにして長坂俊雄は言う。

退屈まぎれに受けて入った農学校での二年間が、その後の長坂の運命を決めた。

根子吉盛（現在花巻市笹間在住）は、先の三人よりは遅れて大正十三年の入学である。

その年笹間からは三人、隣の谷内から二人が農学校を受けたいと申し込んで、試験日の通知を待っていた。が、それが学校のミスで三日も遅れて届いたために、駈けつけたときにはもう合格者の名前が張り出されてあった。

でも、訳を知った学校が再試験をしてくれて、ようやく受けることが出来たのだ。

「午前に国語、そして午後から数学の試験がありました。むずかしかったけれど、出来たのです……そしたら、終って帰るときになったらもう『皆さん、皆とれましたよ』と合格なんです。先生が全体で五人しかいない小さな学校でした……先生は、畠山校長、賢治先生、堀籠先生、白藤先生、阿部先生の五人です」

なつかしそうに根子は言う。

斉藤盛（北上市青柳在住）は入学試験の日、親には内緒で遊びにでも行くようにしてこっそりと家を出た。まだ農学校を受けてもいいという許しはとっていなかったのだ。

目当ての学校がどこにあるのかも分からなかった。ただ、農学校の生徒は白い線の入った帽子をかぶっているはずだから、その後について行けばいいのだとだけ思っていた。

それなのに、白線つきの帽子の人は一人も通らない。あわてて走って何とか学校にはたどりつくことが出来たが、時間は大きく遅れてしまった。

そんな彼に、

「こい、こい」

と言って、一番後の席に腰かけさせてくれたのが賢治だった。


まるで賢治のあの名作『革トランク』(教師になる大正一〇年一月に書かれている)の世界みたいなのどかさと受けとってもらってもいい。ごくふつうの生徒たちがこうして集まってきたのだと、受けとっていただいてもいい。詩人としてばかりでなく、教師としてもまた天才的であった宮沢賢治の栄光の五年間を再現するという作業をはじめるにあたって、どうしても私は、その教え子たちと賢治の最初の出会いの日から書き起こさずにいられなかったのだ。

教師時代の賢治の授業を再現したいという私の思いは、ずっと以前からあった。かって一九八四年にはこんな文章を東京新聞に書いたこともあった。

星からきた先生

学校の教師という仕事は、それをほんとうに誠実に心を賭けてやったら、音楽とか絵とかいうような芸術より、もっとすばらしい芸術行為になるのだと、私は思っています。

さて、その先生は、丸顔でとても澄んだいい眼をした、まだ二十代後半の男の先生です。

そんなに目立つほどではありませんが、前歯がほんの少し出ているので、アルパカというあだ名をつけられました。

さてその先生の授業ですが、教室には教科書というものをほとんど持ってきたことがありません。

そのくせ、その日に生徒が知るべき知識は、実にきちんと整理された形で先生の頭の中にあったから、講義は噛んで含めるように分かりやすくなされます。

そして話より少し遅れて、大事な部分が黒板にまとめられるので、生徒は二重にそれを、頭の中に刻印することになるのです。

英語の授業は日本語を使わず、もっぱらヒヤリングとしゃべりです。それだから生徒は、教科書に書かれている単語には、唯一純潔な一つの発音しかない、などというような変な誤解をせずにすみます。

個性とルールの調和です。

非行エネルギーの解放も、授業のしかたも、すべて個性とルールの調和でやれというのは私の言葉ですが、ヒントはこの先生の方法の中にありました。

数学も化学も、言うならばみな、その精神で教えられるわけです。しかも、その日の授業すべてを克明に設計してくる熱心さで。

ところで、そのように授業の名手であるだけでなく、彼は茶目っ気でも一流です。

生徒たちを校舎の二階から飛び下りさせて、その飛びっぷりを批評したり、墓場に仕掛けをしておいて、肝試しをさせたりするのです。

かと思うと、生徒を引率しているとき、とつぜん近くの木に一人で登ってしまって、

「ほう、ほう」

と、遠くの鳥に挨拶を送ったりするのです。

たばこを喫った生徒への叱り方がまたユニークです。

職員室へ連れて行って、黒板の前に立たせます。それから、まず初めにニコチンの方程式というのを書くのです。

そうしてそこにモルモットが登場したり、途中に質問コーナーがあったりして、ちょっととぼけた奇妙な式がつづき、やがてきわめて学術的に、モルモットが死んでしまうのです。

生徒は、その意表をついた講義に幻惑されて、

「ふむ、たばこはなるほど怖いわい」

と、身にしみて感じてしまうのです。

何よりもこの先生は、生徒に勉強させるだけでなく、いつも自分自身が勉強していることを、自然に見られている人なのです。

生徒たちからの信頼感がちがいます。どうしたって一目置かれてしまいます。

その先生が、授業のときも、素行のことで論すときも、いつも、

「その相手の生徒の人格の価値よりも少し高いところで評価しながら話してい

た」

　のです。

　そうなんです。そうなんです。

　そしてそれが、品のいいユーモアで包まれれば、生徒はどんなときにも、決して圧迫感を感じることはないのです。

　教育の理念がしっかりしていて、その上に、その先生の性格が個性的であればもう言うことはないでしょう。

　彼の主食は、一時期、どういうわけかトマトでした。

　そしてそれでは栄養が偏るというので、ときどき生徒を連れて、てんぷらそばを食べに行くのです。どうしてか、てんぷらそばこそ、すべての宇宙の力の源なのだと信じていたらしいのです。

　サッポロの町へ修学旅行で行くと、自ら進んで生徒たちを道いっぱいの横列にしてしまって、大声で合唱させる先生でした。

　月の夜、そば畑の花があまりに美しいので、一人でそこで泳いでしまう先生でした。

　いつも服やズボンのポケットの中を、何かしらない宝物でいっぱいにしている先生でした。

私が、この今の人生を全部投げ出してでも、生徒になって習いたかった先生でした。

でもそれはだめなのです。彼はもうずっと前、私が生れるより前に、花巻で亡くなっているのです。

その先生の名は、花巻農学校教諭宮沢賢治。この世で一番美しい、あの物語「銀河鉄道の夜」を書いた作者です。

ここで、それでは賢治が奉職した花巻農学校というのはどういう学校だったのかということを年表式に確かめておく。

西暦	年号	事　項
一九〇七	明治四〇	五月蚕業講習所開設第一回生入門
一九一一	明治四四	三月修業年限を二年間に延長

一九一九	大正八	四月稗貫（ひえぬき）郡立農蚕講習所と改称
一九二一	大正一〇	四月稗貫農学校と改称（乙種）
		一二月（宮沢賢治奉職）
一九二三	大正一二	三月新校舎落成
		四月県立花巻農学校と改称
一九二六	大正一五	三月（宮沢賢治退職）
		四月修業年限を三ヵ年に延長

乙種というのは、高等小学校二年を終えた者を対象としてい、二年間で卒業出来た。同じ時期、盛岡、水沢などには三年制の甲種農学校があった。今日のような偏差値による輪切りといったことはなかったが、県立の中学、師範学校がさらにその上にあり、序列の形態は似通っていた。

賢治の奉職した学校はそういう学校であった。

生徒の募集には職員全員が手分けして当たった。「百姓は学校なんかに行かなくたっていい」という偏見や経済的理由を押しのけて子供を学ばせるために、努力をしな

稗貫農学校

ければならない時代だった。

高等小学校の生徒を集めて説明会をしたり、一軒々々農家を回って説明したり、稗貫郡内だけでなく、隣の紫波（しわ）郡、和賀（わが）郡、江刺（えさし）郡の方まで足をのばすこともあった。むろん賢治もそうした行脚を重ねたはずである。

その効果なのかどうなのか、倍率はかなり高かった。

年数	応募者数	入学者数	卒業者数	事項
大正一〇	五二	四三	三〇	
一一	六二	四四	三六	
一二	九四	四二	三四	この年より県立となる
一三	九四	四五	四〇	
一四	六九	五四	三六	
一五	一一一	五〇	四四	

この学校に、賢治は、一九二一年（大正一〇年）一二月三日奉職したのである。

教師という職業を選ぶにあたっては、さまざまなためらいがあった。

何よりもまず、それより前に賢治は、盛岡高等農林での恩師関豊太郎教授から推薦を受けながら、盛岡高等農林助教授の職を断わっている。

自分は人に教える器ではないという賢治一流の謙虚さからというだけでなく、推薦者関豊太郎という人物との基本的な波長の合わなさということもあったのではないかと私は考えている。

そうしていい就職口を棒に振った賢治は、「高等農林まで出ながらどうしてまともな職を持とうとしないのか」と責める父親と切ない対峙をつづけていた。

賢治の年譜を一覧してみても、この時期は深い迷いの時期でもあった。大正一〇年二月には、とつぜん上京して国柱会本部を訪れ、そこで働きながら修業を積みたいと懇願するなどという生涯最大の試行錯誤も演じている。

が、同時にその時期は、賢治の最も近しい話し相手だった妹トシが、母校花巻女学校の教師として奉職し、さっそうと教鞭をとりはじめていたときでもあった。

その陽と陰とのはざまで、賢治は賢治なりの一種の啓示のようなものを受けていたのだと思う。

教師となる下地はつまりあった。

そこに、地元花巻農学校校長畠山栄一郎と稗貫郡長の要請があったのだ。十二月というのに急なそんな要請をしなければならなくなったのは、岩崎三男治という教諭が兵役にとられてしまったからだった。農学校としては、きゅうきょ後任がほしかったのだ。

そこで賢治に白羽の矢が立った。

承諾した賢治がもらした言葉が印象深い。

「畠山さんは、関豊太郎博士に堂々向き合って反論出来たほどの人だから」

というのである。

かくて大正一〇年一二月三日、稗貫農学校敷地内の茅葺屋根の養蚕室に賢治は現われた。七〇人の全校生徒たちの前に現われた賢治は、丸坊主にスーツ姿。校長の短い紹介の後で前に出て、

「ただいまご紹介いただいた宮沢です」

とだけ短く発言してひっこんだ。

教育の荒廃が叫ばれて久しい。あまりにも苛烈なトリビアリズムに淫した上部学校の入試の出題傾向に引きずられて、雪崩のように現代のこの国を席巻してしまった○×式詰め込み主義の教育。

そのために、細かな知識のチップは何万と頭の中に貯め込んでいるものの、さっぱり応用のきかない生徒がやたらに増えてしまった。

無人島でロビンソン・クルーソーのように自らのオリジナルを創り出せる子供らは皆無になったのだ。

世界でも最先端のIC回路図は暗記しているけれども、山で迷い子になったら二日と生きてゆけないサイボーグ的若者たちばかり、異常繁殖してしまったのだ。

個性ある教師は現場にいづらくなり、心ある教師は沈黙する。教師たちが無気力、無感動に進学率アップのマシンとして生きることを強制される嫌な時代になってしまった。

そんな中で、砂漠にオアシスを営むように個性とルールの調和を問いつづけているチャーミングな教師たちに、ごくたまにだが出逢うことがある。

と、そんな教師たちの思索のルーツをたどると、必ずといっていいほど賢治にたどりつくということに、私はある戦き（おののき）をおぼえてきた。

賢治こそ、今のこの荒廃した教育状況の中に灯すことの出来る、唯一具体的でリスクの少ない教育ヴィジョンなのだと私は確信するようになった。

第二章　初めての授業

さて、入試のときに生徒たちの目に写った賢治の姿は先に書いた。ではこの生徒たちに、賢治の最初の授業はどう写ったのだろう。

賢治は当初保坂嘉内への書簡の中で、自分の授業が下手なために生徒が騒ぎ出してしまったことにふれている。

そのことは、生徒らの証言によっても裏付けられている。が、試行錯誤はそんなに長くはつづかなかったようだ。じきに賢治の授業は分かり易く人気を集めるようになっていった。

大正一三年四月に入学した根子吉盛はこのように言っている。

わたしは家の都合で一週遅れて学校に出かけたのです。第一時限目は、白藤先生の物理でした。が、先生が休んで、かわりに宮沢先生がこられたのです。

第一時限目であるので、出席をとられました。生徒の名前を次々に呼んで、わたしのところへきたとき、先生は、出欠簿から目を離して、にっこり笑いました。そしてこう言ってくれたのです。

「根子くん、一週間ばかり遅れても心配ないよ。分からないことがあったら化学室(職員室の西側)へ訊きにくれば、いつでも教えてあげる」

教壇の上にきちんと立って、あまり動きまわらずに話されました。よく洗っただるま靴(当時はやっていたのです)をはいて、さっぱりとした作業服を着ていました。黒板いっぱいにきれいに字を書かれたのを、中身はもう思い出せないのですが、今でもはっきりと覚えています。

わたしは、じゃんじゃん、先生のいる化学室へ訊きに行きました。

同じ年、根子吉盛よりは一週間早く賢治の最初の授業に出ている瀬川哲男(現在花巻市二枚橋在住)は、こう言っている。

わたしは、父が学問をする間がなくて口惜しい思いを体験したので、農学校が出来

県立花巻農学校

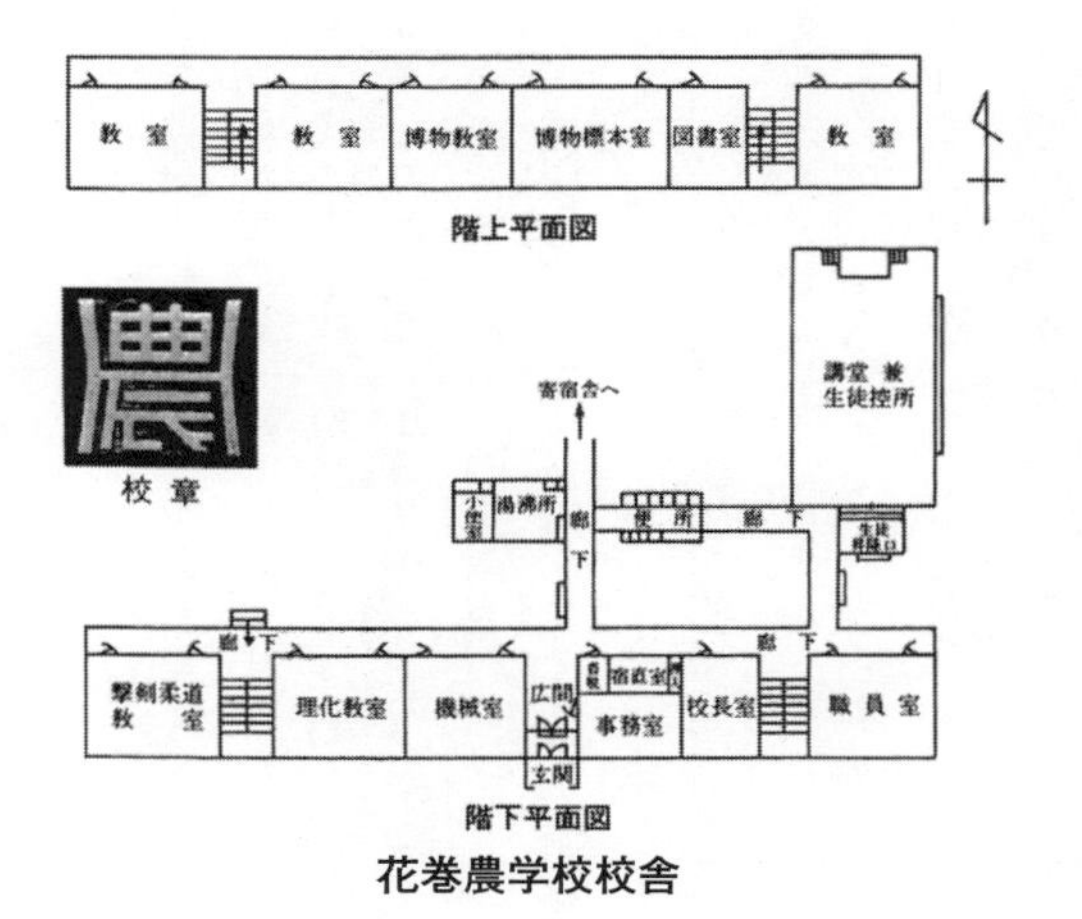

花巻農学校校舎

たのを幸い、ぜひ勉強してきてくれとせがまれて、やむをえず試験を受けたのです。初めはそんな具合いだったのです。

家から学校までは距離があるので、自転車で通いました。

わたしの入った大正一三年という年は、岩手県は大旱ばつに見舞われた年でした。

先生はまず、わたしたちを見回してから、苗代神事の話をはじめられました。

そのころの苗代では、田をならした後で、苗代の真中に萱の茎を三〇センチくらいに立てる慣(ならわ)しがありました。でもどうしてそうなのかは誰も知らなかったのです。

それを先生は説明してくれました。昔、稲の原産地である中国雲南省、タイ北部、インド東部のあたりでは、稲は極秘の宝物で、種籾を他国へ持ち出すことは絶対に禁じられていたのです。

それで日本でも手に入れることは出来なかった。でも、作物として最も秀れている稲を、どうしても手に入れたいと考えていた日本の神様がいる。

その神様が稲荷様（稲をになった神という意味でこの名がついた）に変身して、種籾を萱の茎の中に隠し、それを口にくわえて日本に持ち帰った。

それを後世にしるすために、この行事がはじまったのだというのです。

それから、水の取入口に一番近い田のことを「うなん田」というのは、雲南田からきている、と言うのです。

また先生は、黒板に大きく「農」という字を書かれました。そしてこう言われました。

「農という字の上の曲は、大工の使っている曲金（まがりがね）のことです。そして下の辰は、時という意味です。年という意味でもあります。このことをよく考えてみてください……」

それから先生は、それ以後わたしたちが授業を受けるに当たって守るべきルールを三つ話されました。

○先生の話を一生懸命聞いてくれ
○教科書は開かなくていい
○頭で覚えるのでなく、身体全体で覚えること。そのかわり大事なことは身体に染み込むまで何回でも教えるから

と言うのです。

同じようにして最初のころの授業のことを長坂俊雄（大正一一年入学）は次のように思い出す。

しめなわに、細い藁を二、三本下げる風習があるでしょう。あれはね、きみたちなぜだか分かりますかと言うのです。
「太いしめなわの本体は雲。細く下っているのは雨を表わしています」
と言うのです。そうして白いごへいは稲妻だったのですね。ぜんぜん知りませんでした。

賢治はいつも話の導入部をそのように魅力的に話す教師だったのだ。長坂の証言はつづく。

「では、なぜここに稲妻が出るのでしょう。それは、稲妻によって害虫が殺されるからです。稲妻はまた、空気中のチッソを分解して、雨と一緒にじょじょにじょじょに地中に染み込ませます。船橋の無線局の塔の下に麦畑があります。で、その畑は、以前からなぜかちっとも肥料をやらなくとも麦がよく実ったのです。どうです、これでその意味が分かったでしょう」

そのときの服装はスーツだったと長坂俊雄は覚えている。

それから賢治は、とにかくこの地域の風土のことだけをよく勉強しろと言った。

「きみらは東京へ行って百姓をするのではないのだ」

ひまわりみたいにただ中央を向いて右往左往するような勉強はするなという賢治の
この言葉は至言である。

東京で作られた東京だけに都合のいい教科書を、日高見の国の国人である賢治は無視したというよりむしろ忌避したのだと私は思っている。

第三章　再現　代数の授業

無類の早さで、賢治は黒板に字を書いたという証言がある。かと思うと、自分は字が下手だからと言って、ほとんど書かなかったという生徒の証言もある。記憶の中のわずかなニュアンスの差であって、それが本質と関わりがないものであれば、どちらも正しかったのだと私は思う。

それからまた、賢治の教師生活は、実質五二カ月という長い時間にわたっている。その間にずいぶん変化もあったのだろう。

「途中で賢治先生は三回も字が変わられたように思います」

という根子吉盛の証言もある。服装とか言葉遣いとか、趣味好みとかそういう小道具に関する証言に対しては、特に私は大様でいたいと思う。

ところで賢治の担当科目としては、英語、代数、化学、気象、作物、土壌、肥料、それに実習などがあった。

その代数の授業については生徒たち皆が言うこんな証言がある。


とにかく応用に基礎を置いていました。代数といえば方程式とくるのがふつうなのに、まず応用問題、それから公式。それも速く簡単に覚えられるということでは、先生の教え方は抜群でした。ポイントは図式化して教えるということだったかもしれません。教科書の順序なんかすっかり無視して、もっと根本的なことを教えてくれたのです。


それをもう少し具体的に言ってみるとこんな感じになる。

まず小使室から出てきた小使いさんが鐘を鳴らす。ひたひたひたひたひた早足の足音が聞こえてき、鐘が鳴り終えると同時に、賢治がドアを開けて入ってくる。

清潔なスーツ、ときには作業服のこともある。やや出っぱりぎみの歯をかくすために、少し無理して上唇で下の唇を嚙んでいる。

その顔がなぜだかいつも微笑しているように見える。

きっちりとまず自分の方からおじぎをする。

軽い冗談を言って座を笑わせる。

それからいきなり黒板に向かって問題を書く。

問　諸君の家から学校までくるのにかかる時間。その一〇〇メートル当たりの一年間の平均時間を出しなさい。

$$\frac{\text{かかった時間}}{\text{距　　離}}$$

早トチリの生徒というか、今風のさかしらな生徒なら、何、一年だって一日だって同じだろうと思ってしまう。それで右にかかげた式にただ数字を当てはめてゆく。答えが出る。家から一キロメートルをいつも一〇分なら、答えはその一〇分の一の一分だ。

が、賢治は、そんな答えは認めない。

「早足で歩く日と、ゆっくりゆく日もあるだろう。考えてみよう」

とくる。

友だちと途中で会って話したり、やたらに小便をする日があったり、雨が降り出して雨宿りしたり、雪の日だったらもっと遅い。忘れものをして駆け戻る日だってある。

生徒たちは一人ひとり自分に帰って、それを考える。

そうしてさっきの分数にそれを加味してゆく。新しい分数を横並びにとめどなく足してゆくのである。

現実にその作業を賢治はやらせる。

そして、そうした分子の項目をたくさん思い出してそこに書くことが出来れば出来るほど生徒は評価される。

競争で生徒らはそれをやらせられる。


イントロダクションから中頃まではゲームである。

生徒らは、その作業の中で、限りなく正確さに近づくという喜びを感じる。

さてそこでだ。

とつじょとして賢治は変身する。

とはいっても、無制限に現実に回帰することはこの世では出来ないのだ。

そこで物事の抽象化ということが行なわれる。どこまで全体をカバーしながらコンパクトに事をまとめられるかだ。一見無味乾燥そうに見える、

$$\frac{分子}{分母}$$

という式にも、実はそんな「心」の軌跡があるのだということを、賢治は教えたいのである。

具体的なイメージがかく先行して、さてその後でおもむろに式が出てくる。生徒らは、そうした手順を踏まれれば、否応なしに理解をする。

でも、具象から抽象への切り岸は、やはり飛び越えるには緊張感がつきものだ。するとわが賢治は、まるで全てを見透しているように、こんなジョークを飛ばすのだ。

「さて、さて、さて分かったかな。こうして学問にはいろんな式が出て来ます。諸君がこれまでに習って知っているものだけでも、方程式、分子式、化学方程式……もう

ないかな……そう、あるある、ある。もう一つあった。卒業式だな」

生徒たちはどっと笑い出す。

笑いながらしかも、方程式と卒業式というものを一緒の土俵にのせてもいいのだという自由な学問空間を知るのである。

瀬川哲男その他の人びとの証言によれば、授業中ふだんはあまり教室内を歩きまわらない賢治が、実によく小まめに歩きまわったという。代数という賢治が担当した学科の中でも最も抽象性の高い学問を、生徒それぞれの個性がどう理解するのか、それがたぶん気になって気になって仕方なかったのだ。

第四章　再現　英語の授業

長坂俊雄、晴山亮一らの証言をもとに賢治の英語授業を思い出してみる。

英語は、ヒヤリングと話し方に重点を置き、教科書の読みや解釈には時間をかけない主義だった。というより、ほとんど英語の教科書そのものを持ってこなかった。簡単な挨拶とかやりとりで一度教えたことは、どんどん実地に使わせるように賢治はつとめたのだ。

ガレージの中に、一〇〇台のぴかぴかに磨いた自動車を陳列しておくより、一台の泥んこ車で、まず野原に飛び出してみる方がずっと学力がつくと、賢治は知っていたのである。

その考え方はかなり徹底していた。

そのために、生徒の中では、今でも「賢治先生は時間中は終始日本語を使いませんでした」というふうに記憶している人もいるほどだ。
が、もちろんそれは勘ちがいだ。
前の代数のときにも紹介したように、ここでも徹底的にユーモアを含んだゲームが取り入れられている。

生徒をA、Bの二班に分け、スペリング競争というのをよくやりました。たとえばA班の一人が黒板に向かってBOOKと書きます。するとB班の選手が出て、BOOKの終りのKを頭文字にした単語を思い出して書くのです。KINGというふうにです。そうやってどんどん出てきて、それを書いて、ついには黒板いっぱいになってしまいます。するとと宮沢先生はそれを消して、さらにつづけさせるのです。そうやってみんなわくわくしながら、いつの間にか沢山の単語を覚えていたと、平来作たちは言う。

長坂俊雄は、ある日の賢治の授業を次のように覚えている。

英語の教科書

農学校時代の賢治と堀籠文之進（中央）
川村悟郎（左端・精神歌作曲者）

その日はリーディングをやっていました。でも皆飽きていたのです。

すると賢治先生は、こう言いました。

「それではまたスペリングの競争をやろう」

その日のスペリング競争は、A班、B班に分かれて、辞書を見てもいいから出来るだけ文字数の多い単語をぶつけ合うというものでした。

両軍、必死に辞書を見ながら、長い単語を見つけて戦いました。

初めはどんどん進みました。でもそのうち両軍とも、なかなか前の記録を破るような長いものを見つけられなくなってしまったのです。

するとそこで、いかにもいたずらっぽい顔で賢治が現われてこう言ったのだ。

「諸君がまだ見つけられないのがもう一つあるよ」

「何ですか？」

いっせいに生徒たちは言った。

「ｓｍｉｌｅｓ。微笑だな」

「どうしてですか？」

「だって、この字なら、初めのｓと終わりのｓの間が一マイルもあるのだからな」

喚声をあげて生徒は笑いだしてしまう。

喚声をあげて笑いながら、しかも生徒たちはここで、一生を通して忘れられないある一つの宝物も、同時に賢治からもらっていたことになる。

この生徒たちはその後、人生のどこかで、一マイルとか二マイルとかいう言葉を聞くたびに、じわぁっと心の底から湧き上がってくるあたたかな笑いを感じることが出来るのである。

長い人生の道のりを乗り切ってゆくために、ひそかに勇気を培かってくれるようなそのジョークを、賢治が計算して言っていたのか、そうでないのかは分からない。が、どちらにしても賢治は、一つのジョークを言うにしても、いつでも後ではっとするようなある深みを持っていた。

長坂俊雄が、これも英語の授業中に賢治から聞いた小話の一つ。

岡倉天心がまだ米国に留学中のころ、あるアメリカ人に、

「きみはジャパニーズのニーズかね、それともチャイニーズのニーズかね」

とからかって訊かれたことがあった。

するとそのとき、すかさず天心はこう答えた。

「そういうきみは、ヤンキーのキーの方かね、それともモンキーのキーの方かね」

賢治は、こんなジョークを外から仕入れてくることもとても得意だったのだ。

根子吉盛は、賢治には英語を習わなかった。彼の担任の堀籠先生は人はいいのだけれど、授業はいつも教科書どおりで、ちっとも面白くなかった。毎日だらだらとリーディングと退屈な解釈をくり返しているだけなのだ。

それなのに隣のクラスでは、賢治が教室に蓄音器を持ち込んで、そのころビクターから初めて売り出された発音練習用のレコードをかけてくれたりしていたのだ。

そんな屈折があったものだから、あるときのテストで彼は、わざと白紙の答案を出してしまった。

そのことが職員室で問題となった。

白藤教諭がまず初めに、

「でも三〇点ぐらいやってもいいだろう」

と言った。

賢治はすかさず

「そうだ、そうだ」

と言った。

「いいんだ、いいんだ。リーダー読めれば、三〇点ぐらい安いもんだ」

畠山校長も言った。

第五章　教師としての妹トシ

賢治のおそらく生涯最高の絶唱「永訣の朝」にうたわれた妹トシは、一八九八年（明治三一年）賢治二歳のときに生まれた。

一九一一年、盛岡高等女学校に次いで県下で二番目に設立された県立花巻高等女学校に入学。一九一四年（一六歳）には卒業式の送辞を代表で読むほどの才媛だった。

入学以来終始首席をつづけたトシは、日本女子大学に進み、卒業後花巻に帰って、母校花巻高等女学校の英語教師となった。

年譜でもふれておいたが、彼女が教師として勤めた期間はたった一年しかない。そうして、賢治が農学校の教師となる直前に、病気療養のため退職した。

何かしら兄妹で一つのレースをリレーで走ったというようなイメージがかすかに私

にはあるのだ。

いくつかの書簡にも見られる通り、兄妹は互いに一番よく分かり合える同胞として、悩み事などを相談し合っていた。

そして、トシが奉職していた一年間というのは、賢治にとってまさしく孤独と激動の時期だったのである。

埋もれた会話を甦えらせるすべは全くないし、推理してみる手だてさえない。が、そうした時期の賢治にとって、妹が、ある種まぶしく頼もしい存在に見えたことは確かだろう。

そのトシが、わずか一年で倒れてしまった。

とつぜんの賢治の教師生活への踏み切りが、そうした面からも私にはうなずけるのである。

さすれば、奉職中のトシの学校からの土産話も、賢治はたびたび聞いたことだろうし、何か意見を問われて言ったこともあるかもしれない。トシを知ることは、側面から賢治の教師としての像を考えてみる手だての一つなのだと私は思った。

が、それにしても資料、証言は極端に少ないのだ。

花巻の地史に残りそうな美貌の才媛であったとはいっても、風のようにきて、たっ

妹トシ

た一年間英語を教えただけで、去っていった女教師である。

しかも、賢治のような種類の華やぎがあるわけではない。証言の採録はほとんど不可能かもしれないと思っていたのだ。

が、多くの教え子たちの中から、やっと確かな伝え部を見つけることが出来た。今は東京広尾に住む佐々木芳子、横浜に住む瀬川マシの二人である。


わたしは、初め遠野の家政女学校に通っていたのが、父の転勤で、花巻へ移り、転入させてもらったのです。三学期のことでした。

家政女学校には英語という教科はなかったので、何もかもが初めてでした。それがもう、一、二学期分を終わって、三学期まできてしまっていたのです。どうしていいか分かりませんでした。

それで、トシ先生は、放課後毎日、特別補習をしてくださったのです。

トシ先生は、物静かで色の白い、生徒たちのあこがれの先生でした。

その日のいつもの授業が終わると、わたしは、うきうきしながら理科室へ行きました。そこへトシ先生がきて、わたし一人のために英語を教えてくれるのです。

細かい教え方のことについては、残念ながらもう記憶が薄れてしまいました。でも、それでも、わたしもよっぽど一生懸命勉強をしたのですね。初めてで、優をとることが出来たのです。トシ先生のおかげでした。

理科室は、広くて、階段教室だったんですよ。そう、教え方の最初は、ABCの唱歌からでしたね。それを歌いながら、発音と意味を合わせたんです。その後、リーダーに入ってゆき、同じようにやりました。読んで、意味を合わせる。初めにトシ先生がしてくれて、それを後からわたしが自分でやるのです。

放課後のその補習が終ると、トシ先生は、

「寒いから気をつけてお帰りなさいね」

と言ってくれるんです。

上品で、しとやかで、いつもきちんとした標準語で話をされました。

それから、初めのころのことですけれど、英語のテストを、わたしも皆に混じってやるのは無理なので、一人だけ別に、職員室の近くの宿直室でやってくれましたよ。

畳といろりのある部屋で、とても気持が楽になったことを覚えています。

（佐々木芳子）

一学年は、東と西のクラスで、両方で八〇名ぐらい。大正九年に入学しました。トシ先生は素敵だったから、お顔の感じは覚えていました。とっても色白で、ふっくらとして、賢治さんの写真によく似ていますね。身長は、わたしたち生徒よりちょっと大きいぐらいだったかな。

服装は、生徒も先生も同じです。トシ先生は、袴の上に長い上っぱりを着ていました。

でも、その後洋服も着るように確かなりました。英語の他に、裁縫、割烹も習いました。

（瀬川マシ）

そうそう、そういえば、トシ先生の口答のテストのとき、こんなことがありました。ある生徒が、

I am a little girl.

というところを読まされたのですが、girlが読めなかったのですね。で、勘ちがいしたのか、「アイ・アム・ア・リトル・ギャロッ」て言ってしまったんですね。花巻の言葉で、蛙の子のことをギャロッコと言います。

みんなはっとして、それから笑い出したんですね。そしたらトシ先生も一緒に笑って、それだけで四〇点くれたのです。

（佐々木芳子）

思わず賢治の顔を重ねて私は思ってしまう。

トシ先生が学校を辞められてから、ある日のこと、わたしが二年に入ったときでしたね、校門の辺りにおりましたら、きれいな和服を着て、人力車に乗ったトシ先生が、向こうからやってくるのに出会ったんですよ。

人力車の上から、

「東京に行きます」

と言われました。それが最後でした。

（佐々木芳子）

単に教師としての賢治の理念とか技法のことだけを問うてゆく本であったら、私はこの章は書かなかったはずである。

が、かげろうのようにはかないこのトシの生涯もまた、賢治という雄大な哲学によって装われれば、堂々の有機交流電灯の確かなまばたきとして私を照らすのである。

第六章　再現　土壌学の授業

土壌学の授業というと、長坂俊雄、瀬川哲男、沢田忠雄（現在北上市更木町在住）たちは、まずこんな光景を思い出す。

ある日賢治が、クラスを五、六名ずつの班に分けて、それぞれに五万分の一の白地図を渡した。そして、北上川の岸辺から胡四王山まで、矢沢地区一帯を歩いてこいというのである。

「地質係と土性係の二つの班が一組になって歩き、それぞれに分担して土性と地質を調べ白地図を色分けして塗りつぶしてくること」

それがその日のテーマなのだ。

生徒らは、それぞれにリトマス試験紙や鎚を持ってくり出してゆく。

必要な基礎知識は、すでに教室でたたきこまれている。

でも、それを頭の中で知っていたところで何なのだ。賢治というカタパルトは、そう励まして生徒たちを未知の野原へ送り出したのである。

川岸近い沖積層の砂質土壌。どんどん歩いて女学校裏の崖までゆくと、その洪積層の土の中には、昔海だったころの証拠の貝の化石まで見つけることが出来た。

こうした授業の延長として、長坂俊雄は、イギリス海岸遠征に出かけたことを思い出す。それはまさしく遠征だった。てんでに生徒たちはノコギリや鎚を持って、賢治の後について行った。

そこから出る巨獣の足跡のある泥岩を切り取ったり、古代のクルミを拾ったりしながら、深い感動をこめて賢治は、

「われわれが今こうして立っている場所は、大昔は海だったのです」

という話をする。

「これは第三紀層泥岩の化石であるから、八～一〇万年前のものだな」

今踏しめている大地が、そんな大昔から陸になったり海になったりしてきたのだという話を聞くと、生徒たちは、一瞬甘美な不安に揺さぶられる。

今にもこの足下の大地が揺れて海の底に沈みこんでゆくような気がしてくる。

言い変えれば、自然が何十万年何百万年何千万年という時間をかけて行なっている

息づきを、一瞬のうちに体感しているということになる。

知識よりはるかに上位にある叡知を、彼らはこのとき習得しているのである。

その当時も、今と同じように教科書を読んで解説するというだけでは、それは知識の剝製でしかない。

その教科書だが、取材の途中で私は、瀬川哲男宅に大事に保存されている土壌学の教科書を覗かせてもらうことが出来た。柴田書房刊「土壌学教科書」の中から、たとえば地質の概念。

土壌の由来
土壌の由来する母岩の成因種類新旧の概要を知り、地質の観念を得るは、土壌性質の判断、地力増進の参考となる。
地殻の変動
地球は内部に地熱を有し、外部より太陽熱を受け、水、空気の作用之に加はる為、其外殻は幾多の変動を受く。

ほとんどの教師たちの授業というのは、まず教科書を開かせ、生徒に読ませるか、自分でこの文章を読むことからはじめる。

次にむずかしい語を解説しながら、全体の文を解釈してみせる。

土壌という語を、

「地殻の表面の岩石が崩壊し、分解した無機物に、腐敗して分解した植物や動物の有機物が混じったもの」

というふうにだ。

「由来する」は、「よってきたるところは」である。

「母岩」は、「問題の鉱物を含んでいる岩石」もしくは「元の岩」

「概要」は、「あらまし」

「地力」は「土地の生産力」

すると全体を通すとどういうことになるのか。

土壌の由来

「地殻の表面の岩石が崩壊して、分解した無機物に、腐敗して分解した動植物の有機物が混じったものを土壌という。その土壌によってきたるところはどこか。その土壌の無機物を含む岩石がどうして出来たか、種類は何であるか、新旧の具合いはどうか、

土壌学教科書

大正14年度の時間割
（賢治自筆）

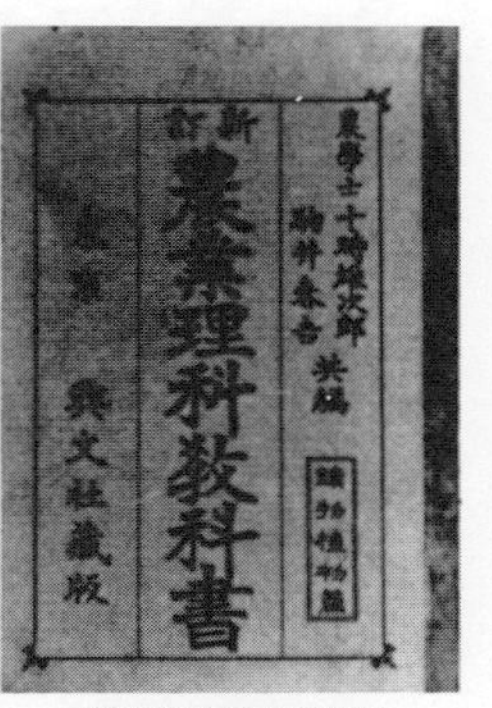

農業理科教科書

そういうことのあらましを知り、土の性質を把握することは、土壌の性質を見分け、その土地の生産力を高めるための助けとなる」

と、さしずめそんな説明になる。

説明することによってかえってむずかしくなってしまうというのは、凡ような教師たちの愛すべき特技である。

かくて、生徒たちは、説明を受けることによってますます分からなくなってしまう。

でも分かろうとする。

と、そのとき、少なくともノートにたった今速記した教師の言葉より、目の前の教科書の文章の方が、簡潔で負担が少なくてすむように見える。

ほとんど条件反射のようにして、教科書の文に線を引く。

そんな具合だから、後になって、それがどんなイメージを表わすか考えてみたところで、何も浮かんではこないのだ。

でも、仕方がないから、全文を暗記することになる。

教師もまた、もともとイメージの潤沢さなど望んではいないのだから、その丸暗記の正確さだけを、生徒の知力だと判断する。

世にいう教育砂漠とは、そのエンドレスなサーキットのおかげで、あたりが砂漠となってしまった情況のことを言うのである。

それならば、賢治なら同じことをどう教えるのか。

先生は、この件(くだ)りについては、まず地球のなりたちから話してくれましたと、瀬川哲男は言う。


大昔、地球が生まれた。

それは、初めただどろどろの火の玉だった。

が、やがて冷え、岩石の塊りとなった。

むろん地の核の部分は未だにどろどろと燃えるカオスだが、少なくとも表面は固まって、おおむね堅い岩石となった。

何万年、何百万年、何億年と時間がたった。

そんなにも長い間、地球は息を詰めていることは出来ない。

とても息苦しくて、そんなことは出来ない。

そこで息をする。

大地は揺れて海になったり、また盛り上がって陸になったりする。

その波によって岩がぼろぼろになる。

何万年も何十万年も、びょうびょうと風が吹きつづける。

その風のためにも岩は風化してぼろぼろの粒になる。土のはじまりだ。

やわらかく、根を下ろせるようになった土の堆積に植物が生える。

それを食べて生きる動物が生まれる。

それらの生きものたちが、それぞれの人生を生きて、やがて死ぬ。

何万年も、何十万年もかけて、夥しい数のものたちが死ぬ。

死んだものたちの亡骸を土の層が包む。

死ぬというより、もしかすると「休む」という方が、生命のありようとしては適当かもしれない。

生きものたちが、次に生まれるまでの間、土の中に瞑る。そのくり返しのうちに、その土はしだいに、より生命を育みやすい性質に変わってゆく。

土壌とはだから、生命のゆりかごのことなのだと、賢治なら教えるはずだ。

「では、どうしてそんな学問をしなければならないのですか?」

という生徒の問いには、

「だって、土壌の性質によって、そこにやる肥料を変えてやらなければならないからさ」
と答える。
そのときその教師と生徒の間では、肥料という言葉が、ほとんど地の乳という言葉となって息づいている。

同じ教科書から、もう一ヵ処引き出してみよう。

古生代
此時代は、地球上到る処温度高く、末期に下等動植物現れたり。前代の岩石崩積し、地層を形成せり、之を古生層と言ひ、粘板岩、硅岩（けいがん）等の硬質のものよりなり、同時代に噴出せる深造岩は、層中に点在す。此層は、本邦主要山脈を形成し、現時露出せるもの多し。
中生代
地殻の変動甚しからず、植物の繁茂旺盛にて、動物は爬虫類多し。前代の岩石は崩壊堆積して、累層を形成せり。之を中生層と呼び、砂岩、石灰岩、頁岩（けつがん）等を主とし、之に噴出せる火山岩を交ふ。現時露出多からず。

このページを私が開いて瀬川哲男の前に置いたとき、彼は、即座にある図を思い出して、私のために書いてみせてくれた。

それは、教科書では全くただ並列的に横に並べられている古生代、中生代という項目を、項目としてではなく、地層の概念図として、縦に置き替えてみせてくれたものだった。

まさしく彼は、賢治にそのようにして教わったのだ。

堅い大地も一種の対流のようなことを起こして、上になったりしているのだということこそが、この項では最重要なのだということを、六十何年たった今でも、彼は忘れていないのである。

古生代といえば、まだ生物は海の時代。

その海が逆転し隆起して、今岩山となり、数々の化石を見せてくれる。

フデイシ

ウミサソリ

オウムガイ

ボトリオレピス

賢治はそれらの古い海の中の生きものたちの姿や癖を、生徒たちに、まるで懐しい親せきのことでも話すようにして話して聞かせるのだ。

そう、それはまさしく親せきにちがいない。だって皆そこからきたのだから。

ときには絵を描いて説明した。

絵は自信の賢治である。

ジプロカウルス

ゲロトラックス

ムカシトンボ

古生代の地層は、いわばそうした懐しい動物たちの巨大な柩の場なのではないだろうか。

そして中生代。

動物たちは競って巨大になって、あのジュラ、白亜紀という恐竜の時代を迎える。

シソチョウは空を飛び、

プラキオザウルスは、深い水底に立って、なお長い首を水面に出していた。

プロントザウルス

ステゴザウルス
そしてそれらを襲う肉食性のアロザウルス
そんな恐竜たちの話に、生徒たちは息を飲んだ。

現実の話というよりも、何だか夢の中の話のようだと思う。

賢治のそういうときの話術は巧みで、ほとんどシャーマンのようであったのだ。

並の教師の授業であったなら、土壌学に、そんな恐竜や大きなものなんてほとんど出てくるはずはないのである。

なのに、賢治の授業の中では、それらは立派な主役だった。

土というもののある部分が、間違いなく生きものたちの亡骸なのであるから、それは当然のことであった。

最も純粋に科学的であるはずの土壌学の授業が、すでに心の領域に踏み込んでいたのである。

第七章　再現　肥料学の授業

「堀籠先生はとてもいい先生でした」

　と沢田忠雄は言う。

「でも、堀籠先生は、教科書に書かれていることを、端からほんとに細かく、ていねいに説明してくれたのです」

「……」

「で、それだから、そのころに習ったことは、わたしは全部忘れました」

「……」

「でも、賢治先生の授業はちがうのです。たとえば酸性土壌というのを教えてくれるとしましょうか。すると先生はこう言うのです。『酸性土壌かどうかは、まず見れば、スギナ、ジシバリが多く生えるのですぐ分かる。見つけたら、硝石灰をやって、土をなだめなければいけない』……」

「……」

「目で見えるように、先生は教えるのです」

「……」

「で、目に見えるものほど実地に役立つのです。今でもわたしはそれをやりつづけています。やるたびに賢治先生の言葉を、すぐ耳もとで聞くようにして聞いています」

少年根子吉盛は、明るい教室の一番左手窓側の前から四列目に腰かけていた。教壇にいるのは賢治。時代はちょうど化学肥料がしきりに出はじめたころで、賢治は、その最新の知識と、古い農村の知恵が培ってきた施肥の方法とをどう調和させるかということを熱っぽく話していた。

遠く夢のように今でもときおり根子は、その日のことを思い出す。

「肥料の教科書には、チリ硝石とか、石灰チッソ、硫酸アンモニア、カリンサン石灰など、舌をかみそうな名前の薬品がずらずらと出てくるのですよ」

「……」

「で、それに○印がつけられたり、線でつながれたり、×が書いてあったりして、要するにこれとこれを混ぜてはダメとか、割り合いはどうとか、数学の計算みたいなことばかり出ているのですよ」

「……」

「そんな暗記は、わたしはチンプンカンプンで下手でした」

「……」

「わたしの前の席には、そういう暗記の得意な奴もいたのです」

「……」

「でも、試験の問題を出されたときに、そいつの方がダメなのだから面白い」

アンモニアと石灰チッソを混ぜてはいけない。なぜなら、そうすると化学反応を起こして、アンモニアが効かなくなるからだ。

でも、アンモニアとカリンサン石灰ならば混ぜてもいい。

そのことを知識として覚えようとするときやたらに丸暗記をしたのでは、後になってこんがらがってしまう危険がある。

混ぜてもいいのは、はて、石灰チッソの方だったかな、カリンサン石灰の方だったかなと、分からなくなるのだ。

目に見えない教え方だと私は思う。

ところが、賢治の教え方は目に見えるのだ。

「人糞尿に石灰チッソを入れて畠にやってはダメだ。そんなことをすると、せっかくの尿の中のアンモニアが効かなくなってしまう」

と教える。

「今、諸君の家では、便所にウジが湧くのを防ぐために灰を入れてるだろう。でも、それだと肥料としては使えなくなってしまうんだ」

と教えるのだ。

さてそれで期末試験にはそれがこんな形で出る。

問　この地方で施肥に対して改良すべき点をあげよ

答え　人糞尿を使うときは、灰を混ぜないように注意する

賢治の講義を上の空で聞いて、教科書の字面だけを丸暗記していた根子の前の席の生徒は、だから出来なかったのだ。

最初の授業の日に、賢治から「農」という字について教わった瀬川哲男はまた、

「一番大切なのはその年の気候です。それと、この田で前の年なんぼとれたかという

ことです。それが大切なのです。それで肥料の効きめがちがうのです。天然の力には、けっきょく人間の力は勝てないのです」

と教えられた日のことも忘れない。

「それだから……だからこそ、稲とお話しすることを覚えなさい」

「……」

「そうすれば、稲が、今おれ肥しなんぼ欲しいと言っているかがすぐ分かる。稲は、顔でそれを表わしている」

そう賢治は彼に言ったのだ。

賢治がここで顔という言葉を使うとき、それは単なる貌という意味の比喩ではなくて、手、脚、胸もある稲のその顔なのだということが、私にはひしひしと伝わってくるような気がする。

「賢治先生は、いつも早口で講義しました」

瀬川哲男は言う。

「肥料の基本は教室で教えるけれど、でも実際は外で稲や作物を見て教えるのです。

基本と実際はちがうというのです」

「……」

「『肥料設計するときは、田んぼの畦に立って、暗算で出来なければならない』とおっしゃいました。そうでなければしようがないと言われて、主な自給肥料であるチッソ、リンサン、カリの三要素含有量と金肥の三要素成分は、こればっかりはしゃにむに暗記させられました」

「……」

「また、たとえば硫酸アンモニアを追肥するとき、五パーセントのアンモニア液を作るにはこのくらいの肥桶一杯分の水に、このくらいの硫安を入れたらいいのですと言いながら、実際に身体で示して教えてくれました」

瀬川哲男は言う。

その彼の玉手箱のように大切な紙袋の中には、賢治から受けた授業を記録したノートも一冊入っている。

その中から一つ、二つ――。

「ここでいうたとえば二〇〇分の一というのは、肥料が二〇〇貫目あればその中にチッソならチッソが一貫目という意味です」

と指でノートをこすりながら彼は教えてくれる。

	N （チッソ）	P （リンサン）	K （カリ）
厩肥	$\frac{1}{200}$	$\frac{1}{400}$	$\frac{1}{200}$
人糞	$\frac{1}{200}$	$\frac{1}{800}$	$\frac{1}{400}$

「大切なのは、糞尿の肥しでも、中身は全くちがうということを知ることなのですね。昭和一八年のことになりますが、わたしらの地区では馬にかわって朝鮮牛を飼うようになったのです……そうすると、また肥しの成分が変るのですね」

でももう学校を終えて自立して農業をやっているのだから誰も教えてはくれない。自分から考えて、彼は厩肥と牛肥のちがいをきちんと見分け、切り替えを成功させることが出来た。

「牛の方が、厩肥より遅く効くのですね。で、厩肥を熱肥、牛肥を冷え肥と言ったりします」

瀬川は目を細めて言う。

もう一つ、賢治が生徒たちに伝授した稲のごきげん表（次ページ）。

「要するにチッソが多いと細胞質ばかり多くやわい柳腰の稲になるのです。そして、リンとかカリが多いとすもうとりみたいな稲になるということです。あ、それから、人糞尿の成分について教えるとき、賢治先生は、こう言ったのですよ」

瀬川哲男は言う。

「人糞尿の中には、インドール、スカトールという微成分が入っています。なおこのインドール、スカトールは、高価な香水を作るときにも、絶対必要なものなのです。つまり、インドール、スカトールがなければ、いい香水は作れないのです」

そういって、彼はにやりと笑ってみせたのだった。

瀬川哲男宅での取材は、一回にえんえん数時間ずつをかけても一日で終らない長大なものだった。その二日目、私はすばらしい体験をすることになった。

きっかけは、瀬川氏の一言だった。

		多い時	少い時
N	葉肥 葉緑素 蛋白質 必要	枝垂葉をもつ 分けつは多い。濃緑色 茎葉は多い 草丈は長い 成熟は遅れる 結実不完全	分けつは少ない 葉は淡緑色 葉は黄化貧弱 草丈は短かい
P	実肥 蛋白質 細胞核 必要	草丈は短かい 分けつは多い 成熟は早い 茎葉が堅い 茎は直立し藁のよう ふつうの4倍くらい 肥料やること	分けつは少ない 成熟は遅れる 葉茎はやわらかい 開花遅れる
K	茎肥 呼吸作用 炭素同化 生理作用	葉の幅は広い 節は高く太い 穂首は太い 茎葉ずんぐり型 葉の先に丸みはある 葉の色は濃緑色	葉の色は灰白色 葉の幅は狭い 節は低く細い 穂首は細い 茎葉はほっそり型 葉の先は狭い

「羅須地人協会で、賢治先生が、青年たちに講義をするために作られた教材絵図がありますね」

「はい、あります」

　と私は合槌を打った。

　すると氏はさらにこう言うのだ。

「あれは、羅須地人協会のために初めて賢治先生が作ったもののように皆思われているようですが、実はそうではありません」

「といいますと？」

「農学校で、同じものを、すでにわたしたちも習っておったのですよ」

　氏は言った。

　私は、氏が持出してきた教材絵図の写真を前にしてため息をついた。それは私にとっても初耳だったからだ。

　ため息をつきながら、しかし私の心の奥で何かがひらめいていた。

　六十何年も前の出来事を、いかにそれが強烈な体験であったにしても、細かく思い出してもらって再現するなどという仕事は、もともと至難なことなのだ。

　でも、もし思い出に核を見つけることが出来るならば――。

私は、絵図の写真を指さしながら氏に言った。

「お願いがあるのです。遠いことを思い出すって大変なことだけれども、でも、ぜひもっと思い出していただきたいのです。出来る限り、あの五年間の賢治の授業を甦えらせたいのです」

「……」

「ここにある絵図と同じようなものが、もし農学校の教室でも描かれて、授業が行なわれたのだとしたら、これが思い出の核にならないでしょうか……この絵図をもとに、もう一度思い出していただけないでしょうか……」

「……」

「そうして出来れば、今ここで、賢治が瀬川さんたちに講義をしてくれたように、この私に講義をしていただけないでしょうか？」

瀬川氏は、目を閉じてじっと考えていた。

それからゆっくり目を開けて、絵図の写真をくりはじめた。

「いいきっかけを教えていただきました……」

氏は言った。

「おかげで思い出しましたよ……ぼんやりとだけれど、思い出してきましたよ」

言い忘れていたが氏の話し方は、八〇という年齢からは想像出来ないくらいしっかりとし、まさに五〇代の活力をみなぎらせているし、立ち居や見かけもそうなのだ。

「もしかすると、細胞のことでなら、ご希望にそうことが出来るかもしれませんよ」

やがて少し恥ずかしそうに氏は言った。

次にかかげるのが、その日私が氏を通して聞くことが出来た賢治の幻の肥料学講義である。

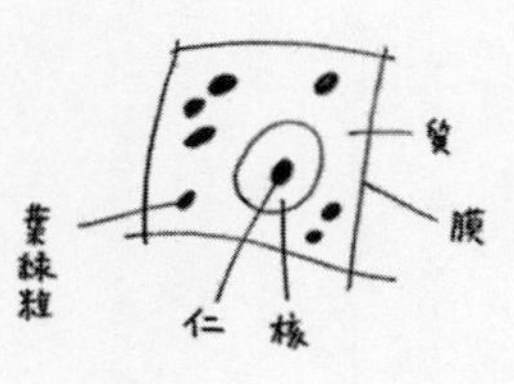

今日は細胞についての勉強からはじまります。

ここに書いたのが細胞の図です。細胞は、わたしたちや動植物の身体をこしらえている小さな粒だと思ってください。身体というのは、その細胞の集まりなのです。もちろん一つ一つの細胞が生きています。

ひとりでも立派に生きてゆけるくらい強く生きています。

ここには仮に四角く書きましたが、形はさまざまです。

生きているんだから、しょっちゅう形も変わるわけです。

死ぬと新しい細胞が生れます。

細胞には、小さいものもちょっと大きいものもあります。もし人間の細胞がもう少し大きかったら巨人族になっていたかもしれません。

きみたちが畑で育てようとしている植物ときみたち自身の身体の細胞は、基本的には変わりがありません。

細胞には、仁、核、質、膜というふうに言って分けられる部分があります。

膜というのは入れもの、袋、塀であります。

質は、その中にあって、蛋白質とかデンプン、水を多く含んだところです。

もしここにチッソ肥料を多くやりすぎると、この細胞質だけが大きくなって、その中の核が発達出来ない困った細胞になってしまいます。

核は、生物が生きてゆくために必要な知恵——子は親からそれを遺伝子という巻き物にしてもらうのですが、それが、この核の中には詰め込まれています。

仁は、その核の中でもさらに重要な金庫のようなところです。

葉緑粒は、光合成をして、細胞自体を生かしてゆく。細胞を一つの家とたとえるなら、その家の働き手で、家計を支えてゆくものです。

ところでここの核の中でも最も大切な仁の中に蔵われているものというのは何なのでしょう。

分かりますか。

それはとても大切なものです。

人間が生きてゆくためにも、植物が生きてゆくためにも、一番大切な根本のものです。

仁が覚えているのは、それは、この地球がはじまってからずうっとの歴史なのです。

この図の細胞は、今生きています。

きみたちの身体の中でも生きています。

きみたちが育てている畑の稲たちの細胞も、生きています。

でも、それはどうして生きているのか。

生れたからであります。親から。

ではその親はどこから生れたか。

その親からです。

そしてぐんぐんぐんぐんたどってゆくと、いつからかそれはもう人類ではなくなってしまいます。

進化する前の動物になってしまいます。

さらにたどれば、微生物になってしまいます。

さらにたどれば、たった一粒の蛋白質になってしまいます。

その長い長い歴史を、細胞核は、仁は、覚えているのです。

いつもは覚えていないけれど、大事なときに取り出して使えるように、金庫の中に蔵われているのです。

今たとえばきみが蛇を見たとする。びっくりして背筋に何かが走る。嫌だ。それはなぜなのだろう。きみには、今まで直接蛇に咬まれるとか何か嫌な記憶などないのにです。

そう。細胞核が覚えているのです。

はるかに昔、われわれの先祖が、そのときどういう形をして生きていたのかは分からないけれど、恐しい爬虫類に怯えながら生きていた時期があったのです。とつぜんの訳の分からない恐れは、その何千万年、何億年も前の遠い記憶が目覚めるのです。

細胞核はまた、新しい記憶も貯えます。今きみが出会ったこと、その喜びやショック、誰かまわりの人からどうされて、どう応えたかということ、そういうことが長い時間をかけてじわっと肥しのようにきいてゆくのです。

そうしてそれが、何万年も後になって、きみたちの子孫の心の中で、とつぜんある日、甦えるかもしれないのです。

細胞核とはそういうものです。

精神歌を読みます。

日ハ君臨シカガヤキハ
白金ノアメソソギタリ
ワレラハ黒キツチニ俯シ
マコトノクサノタネマケリ

日ハ君臨シ穹窿（きゅうりゅう）ニ
ミナギリワタス青ビカリ
ヒカリノアセヲ感ズレバ
気圏ノキハミ隈モナシ

日ハ君臨シ玻璃ノマド
清澄ニシテ寂（しづ）カナリ
サアレマコトヲ索（もと）メテハ
白堊（はくあ）ノ霧モアビヌベシ

日ハ君臨シカガヤキノ
太陽系ハマヒルナリ
ケハシキタビノナカニシテ
ワレラヒカリノミチヲフム

太陽は、太陽系すべての星の中心にあって、その君主です。地球上の生きとし生けるものは、すべて太陽のおかげによって生かされています。

この生きとし生けるもの、すなわち有機物も無機物もみな、立派な生命を持っているのです。

さんさんと輝く太陽の光とともに降る雨は、白く光る美しい粒としてこれも生きています。

黒き土。放っておけばただふつうの土でしかないものにも、堆肥を入れ、厩肥を入れ、耕せば肥えてきます。俯し、耕すことで無限に肥えてくるのです。

人間の心だって同じです。心の畑に植える種、真、善、美。ほんとうの幸福に通ずる道はそれなのです。

そのように目覚めなければ、この気圏は太陽系全体の目覚めざる生物の発する青い修羅の光のために怯えたままなのです。

知恵をめぐらせ、一生懸命働くわたしたちの汗が、太陽の光にきらきらと輝くとき、その光の汗が宇宙全体にゆきわたるとき、世界全体が、青ビカリを駆逐し、明るく幸福になれるのです。

しかし、人類が、過去、現在、未来の三世にわたって真の幸福を探しもとめるということは、実に難しいことです。

でもそれはしなければならないのです。人間が、ふたたびあの恐ろしい爬虫類時代のようなところへ後退してしまわないためにです。

その戦いのために、わたしはこうして、白いチョークの霧を浴びながら話しています。

きみたちには、きみたちのそれぞれの戦いがあるはずです。

それを考えましょう。

その一日は、私にとってまったく至福の一日だった。細胞の講義を伝えてくれた後、瀬川氏は、もう一つ、こんな講義を再現してみせてくれたのだ。

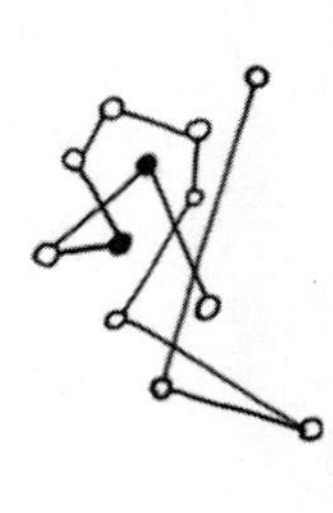

これは水素ガスの分子運動なのです。

水素ガスの分子が、一秒間にどれだけ多く他の分子にアタックする機会があるかということを示しています。

何回だと思いますか。

一〇〇億回。一〇〇億回ですよ。

生きものたちの身体を作っている分子たちだって同じです。

生物でない無機物だって同じです。

無機物のからだの中だって、同じように分子たちは飛びまわり、いつもぶつかり合っているのです。

そうなると、生きものも無機物も区別のつかない面も出てきます。

そうです。そうなのです。

こうしてじっと息をつめていたって、細胞は、黙ってないんだ。

黙ってない細胞が沢山集まって出来ているのが人間なんだ。

人間というのはだから、細胞が集まってやっているお祭りなんですね。

私は黙って氏の話に聞きほれていた。賢治逝ってからすでに五十五年。今となっては賢治が書き遺したところどころ途中のぬけた譜面を頼りに氏と合奏してみるしかない音楽の、しかもそのあまりの美しい旋律にただ聞きほれていた。

第八章　実習「イギリス海岸」

農学校なのだから当然のことという意味以上に、賢治は実習を大事にした。

実習は午後に行なわれ、クラスが、畠、水田、養蚕、畜産というふうに分かれるのだ。

そうしてそれぞれに担当の先生がつく。

賢治はいつも大人気で、皆その班へ行きたがった。でも、順番なので、いつでも賢治の班に行けるとはかぎらず、待ち遠しかったと皆が言う。

「そうしてね、二時間の実習のところを、稼ぐ（働く）のはいつも一時間だけ。あとは、畦に寝転んだりいろいろして、話をしてくれるのです」

瀬川哲男が言う。

「他の先生方は、二時間の実働時間があると、その二時間を全部むたっと稼がせられて、休みなんてないのです。ところが、賢治先生は、よほど人の使い方がうまいのですね。『きょうの仕事はこのくらいでいいですよ。これだけやれば、きょうの実習は終りですよ』って最初に割り当てきめて、やらせてしまうのですよ」

生徒たちは皆、教室で教えられた知識のコアに無限のふくらみをつける場として、校外のその実習の場に輝いたのである。

が、それをこの章で私が拙い筆で再現してみようとするよりも、賢治自身が書き遺している作品で追体験してみたいと思う。

賢治には、実習授業の光景をほうふつとさせる「台川」「イーハトーボ農学校の春」「イギリス海岸」などの作品があるが、ここでは、「イギリス海岸」を読み直してみたい。

イギリス海岸

夏休みの十五日の農場実習の間に、私どもがイギリス海岸とあだ名をつけて、二日か三日ごと、仕事が一きりつくたびに、よく遊びに行った処（ところ）がありました。

それは本たうは海岸ではなくて、いかにも海岸の風をした川の岸です。北上川の西岸でした。東の仙人峠から、遠野を通り土沢を過ぎ、北上山地を横截って来る冷たい猿ヶ石川の、北上川への落合から、少し下流の西岸でした。

イギリス海岸には、青白い凝灰質の泥岩が、川に沿ってずゐぶん広く露出し、その南のはじに立ちますと、北のはづれに居る人は、小指の先よりもっと小さく見えました。

殊にその泥岩層は、川の水の増すたんび、奇麗に洗はれるものですから、何とも云へず青白くさっぱりしてゐました。

所々には、水増しの時できた小さな壺穴の痕や、またそれがいくつも続いた浅い溝、それから亜炭のかけらだの、枯れた蘆きれだのが、一列にならんでゐて、前の水増しの時にどこまで水が上ったかもわかるのでした。

日が強く照るときは岩は乾いてまっ白に見え、たて横に走ったひゞ割れもあり、大きな帽子を冠ってその上をうつむいて歩くなら、影法師は黒く落ちましたし、全くもうイギリスあたりの白堊の海岸を歩いてゐるような気がするのでした。

町の小学校でも石の巻の近くの海岸に十五日も生徒を連れて行きましたし、隣りの女学校でも臨海学校をはじめてゐました。

イギリス海岸

けれども私たちの学校ではそれはできなかったのです。ですから、生れるから北上の河谷の上流の方にばかり居た私たちにとっては、どうしてもその白い泥岩層をイギリス海岸と呼びたかったのです。

それに実際そこを海岸と呼ぶことは、無法なことではなかったのです。なぜならそこは第三紀と呼ばれる地質時代の終り頃、たしかにたびたび海の渚だったからでした。その証拠には、第一にその泥岩は、東の北上山地のへりから、西の中央分水嶺の麓まで、一枚の板のやうになってずうっとひろがって居ました。たゞその大部分がその上に積った洪積の赤砂利や壚坶、それから沖積の砂や粘土や何かに被はれて見えないだけのはなしでした。それはあちこちの川の岸や崖の脚には、きっとこの泥岩が顔を出してゐるのでもわかりましたし、又所々で掘り抜き井戸を穿ったりしますと、ぢきこの泥岩層にぶっつかるのでもしれました。

第二に、この泥岩は、粘土と火山灰とまじったもので、しかもその大部分は静かな水の中で沈んだものなことは明らかでした。たとへばその岩には沈んでできた縞のあること、木の枝や茎のかけらの埋もれてゐること、ところどころにいろいろな沼地に生える植物が、もうよほど炭化してはさまってゐること、また山の近くには細かい砂利のあること、殊に北上山地のへりには所々この泥岩層の間に砂丘の痕らしいものがはさまってゐることなどでした。さうして見ると、いま北上の平原になってゐる所は、一度は、細長い幅三里ばかりの大きなたまり水だったのです。

ところが、第三に、そのたまり水が塩からかった証拠もあったのです。それはやはり北上山地のへりの赤砂利から、牡蠣や何か、半鹹のところにでなければ住まない介殻の化石が出ました。

さうして見ますと、第三紀の終り頃、それは或は今から五六十万年或は百万年を数へるかも知れません、その頃今の北上の平原にあたる処は、細長い入海か鹹湖で、その水は割合浅く、何万年の永い間には処々水面から顔を出したり又引っ込んだり、火山灰や粘土が上に積ったり又それが削られたりしてゐたのです。その粘土は西と東の山地から、川が運んで流し込んだのでした。その火山灰は西の二列か三列の石英粗面岩の火山が、やっとしづまった処ではありましたが、やっぱり時々噴火をやったり爆発をしたりしてゐましたので、そこから降って来たのでした。

その頃世界には人はまだ居なかったのです。殊に日本はごくごくこの間、三四千年前までは、全く人が居なかったと云ひますから、もちろん誰もそれを見てはゐなかったでせう。その誰も見てゐない昔の空がやっぱり繰り返し繰り返し曇ったり又晴れたり、海の一とこがだんだん浅くなってたうとう水の上に顔を出し、そこに草や木が茂り、ことにも胡桃の木が葉をひらひらさせ、ひのきやいちゐがまっ黒にしげり、しげったかと思ふと忽ち西の方の火山が赤黒い舌を吐き、軽石の火山礫は空もまっくらになるほど降って来て、木は圧し潰され、埋められ、まもなく又水が被さって粘土がその上につもり、全くまっくらな処に埋められたのでせう。考へても変な気がします。そんなことほんたうだらうかとしか思はれません。ところがどうも仕方ないことは、私たちのイギリス海岸では、川の水からよほどはなれた処に、半分石炭に変った大きな木の根株が、その根を泥岩の中に張り、そのみきと枝を軽石の火山礫層に圧し潰されて、ぞろっとならんでゐました。尤もそれは間もなく日光にあたってぼろぼろに裂け、度々の出水に次から次と削られては行きましたが、新らしいものも又出て来ました。そしてその根株のまはりから、ある時私たちは四十近くの半分炭化したくるみの実を拾ひました。それは長さが二寸位、幅が一寸ぐらゐ、非常に細長く尖った形でしたので、はじめは私どもは上の重い地層に押し潰されたのだらうとも思ひましたが、縦に埋まってゐるのもありましたし、やっぱりはじめからそんな形だとしか思はれませんでした。

　それからはんの木の実も見附かりました。小さな草の実もたくさん出て来ました。この百万年昔の海の渚に、今日は北上川が流れてゐます。昔、巨きな波をあげたり、じっと寂まったり、誰も誰も見てゐない所でいろいろに変ったその巨きな鹹水の継承者は、今日は波にちらちら火を点じ、ぴたぴた昔の渚をうちながら夜昼南へ流れるのです。

こゝを海岸と名をつけたってどうしていけないといはれませうか。

それにも一つこゝを海岸と考へていゝわけは、ごくわづかですけれども、川の水が丁度大きな湖の岸のやうに、寄せたり退いたりしたのです。それは向う側から入って来る猿ヶ石とこちらの水がぶっつかるためにできるのか、それとも少し上流がかなりけはしい瀬になってそれがこの泥岩層の岸にぶっつかって戻るためにできるのか、それとも全くほかの原因によるのでせうか、とにかく日によって水が湖のやうに差し退きするときがあるのです。

さうです。丁度一学期の試験が済んでその採点も終りあとは三十一日に成績を発表して通信簿を渡すだけ、私のほうから云へばまあさうです、農場の仕事だってその日の午前で麦の運搬も終り、まあ一段落といふそのひるすぎでした。私たちは今年三度目、イギリス海岸へ行きました。瀬川の鉄橋を渡り牛蒡や甘藍が青白い葉の裏をひるがへす畑の間の細い道を通りました。

みちにはすゞめのかたびらが穂を出していっぱいにかぶさってゐました。私たちはそこから製板所の構内に入りました。製板所の構内だといふことはもくもくした新らしい鋸屑(おがくず)が敷かれ、鋸(のこぎり)の音が気まぐれにそこを飛んでゐたのでわかりました。鋸屑には日が照って恰度(ちやうど)砂のやうでした。砂の向ふの青い水と救助区域の赤い旗と、向ふのブリキ色の雲とを見たとき、いきなり私どもはスキーデンの峡湾にでも来たやうな気がしてどきっとしました。たしかにみんなさう云ふ気もちらしかったのです。製板の小屋の中は藍(あゐ)いろの影になり、白く光る円鋸(まるのこ)が四五梃(ちやう)壁にならべられ、その一梃は軸にとりつけられて幽霊のやうにまはってゐました。

　私たちはその横を通って川の岸まで行ったのです。草の生えた石垣(いしがき)の下、さっきの救助区域の赤い旗の下には筏(いかだ)もちゃうど来てゐました。花城(くわじやう)や花巻の生徒がたくさん泳いで居(を)りました。けれども元来私どもはイギリス海岸に行かうと思ったのでしたからだまってそこを通りすぎました。そしてそこはもうイギリス海岸の南のはじなのでした。私たちでなくたって、折角川の岸までやって来ながらその気持ちのいゝ所に行かない人はありません。町の雑貨商店や金物店の息子たち、夏やすみで帰ったあちこちの中等学校の生徒、それからひるやすみの製板の人たちなどが、或(あるい)は裸になって二人三人づつそのまっ白な岩に座ったり、また網シャツやゆるい青の半ずぼんをはいたり、青白い大きな麦稈帽(むぎわら)をかぶったりして歩いてゐるのを見て行くのは、ほんたうにいゝ気持でした。

　そしてその人たちが、みな私どもの方を見てすこしわらってゐるのです。殊に一番いゝことは、最上等の外国犬が、向ふから黒い影法師と一緒に、一目散に走って来たことでした。実にそれはロバートとでも名の附きさうなもぢゃもぢゃした大きな犬でした。

「あゝ、いゝな。」私どもは一度に叫びました。誰だって夏海岸へ遊びに行きたいと思はない人があるでせうか。殊にも行けたら、そしてさらはれて紡績工場などへ売られてあんまりひどい目にあはないなら、フランスかイギリスか、さう云ふ遠い所へ行きたいと誰も思ふのです。

　私たちは忙しく靴やずぼんを脱ぎ、その冷たい少し濁った水へ次から次と飛び込みました。全くその水の濁りやうと来たら素敵に高尚なもんでした。その水へ半分顔を浸して泳ぎながら横目で海岸の方を見ますと、泥岩の向ふのはづれは高い草の崖になって木もゆれ雲もまっ白に光りました。

　それから私たちは泥岩の出張った処に取りついてだんだん上りました。一人の生徒はスヰミングワルツの口笛を吹きました。私たちのなかでは、ほんたうのオーケストラを、見たものも聴いたことのあるものも少なかったのですから、もちろんそれは町の洋品店の蓄音器から来たのですけれども、恰度そのやうに冷い水は流れたのです。

私たちは泥岩層の上をあちこちあるきました。所々に壺穴の痕があって、その中には小さな円い砂利が入ってゐました。

「この砂利がこの壺穴を穿るのです。水がこの上を流れるでせう、石が水の底でザラザラ動くでせう。まはったりもするでせう、だんだん岩が穿れて行くのです。」

また、赤い酸化鉄の沈んだ岩の裂け目に沿って、層がずうっと溝になって窪んだところもありました。それは沢山の壺穴を連結してちゃうどへうたんをつないだやうに見えました。

「斯う云ふ溝は水の出るたんびにだんだん深くなるばかりです。なぜなら流されて行く砂利はあまりこの高い所を通りません。溝の中ばかりころんで行きます。溝は深くなる一方でせう。水の中をごらんなさい。岩がたくさん縦の棒のやうになってゐます。みんなこれです。」

「あゝ、騎兵だ、騎兵だ。」誰かが南を向いて叫びました。

下流のまっ青な水の上に、朝日橋がくっきり黒く一列浮び、そのらんかんの間を白い上着を着た騎兵たちがぞろっと並んで行きました。馬の足なみがかげろふのやうにちらちらちらちらちら光りました。それは一中隊ぐらゐで、鉄橋の上を行く汽車よりはもっとゆるく、小学校の遠足の列よりは少し早く、たぶんは中隊長らしい人を先頭にだんだん橋を渡って行きました。

「どごさ行ぐのだべ。」

「水馬演習でせう。白い上着を着てゐるし、きっと裸馬だらう。」

「こっちさ来るどいゝな。」

「来るよ、きっと。大てい向ふ岸のあの草の中から出て来ます。兵隊だって誰だって気持ちのいゝ所へは来たいんだ。」

騎兵はだんだん橋を渡り、最後の一人がぽろっと光って、それからみんな見えなくなりました。と思ふと、またこっちの袂(たもと)から一人がだくでかけて行きました。私たちはだまってそれを見送りました。

けれども、全く見えなくなると、そのこともだんだん忘れるものです。私たちは又冷たい水に飛び込んで、小さな湾になった所を泳ぎまはったり、岩の上を走ったりしました。

誰かが、岩の中に埋もれた小さな植物の根のまはりに、水酸化鉄の茶いろな環(わ)が、何重もめぐってゐるのを見附けました。それははじめからあちこち沢山あったのです。

「どうしてこの環、出来だのす。」

「この出来かたはむづかしいのです。膠質体のことをも少し詳しくやってからでなければわかりません。けれどもとにかくこれは電気の作用です。この環はリーゼガングの環と云ひます。実験室でもこさへられます。あとで土壌の方でも説明します。腐植質盤層といふものも似たやうなわけでできるのですから。」私は毎日の実習で疲れてゐましたので、長い説明が面倒くさくて斯う答へました。

それからしばらくたって、ふと私は川の向ふ岸を見ました。せいの高い二本のでんしんばしらが、互によりかゝるやうにして一本の腕木でつらねられてありました。そのすぐ下の青い草の崖の上に、まさしく一人のカアキイ色の将校と大きな茶いろの馬の頭とが出て来ました。

「来た、来た、たうとうやって来た。」みんなは高く叫びました。

「水馬演習だ。向ふ側へ行かう。」斯う云ひながら、そのまっ白なイギリス海岸を上流にのぼり、そこから向ふ側へ泳いで行く人もたくさんありました。

兵隊は一列になって、崖をなゝめに下り、中にはさきに黒い鈎のついた長い竿を持った人もありました。

間もなく、みんなは向ふ側の草の生えた河原に下り、六列ばかりに横にならんで馬から下り、将校の訓示を聞いてゐました。それが中々永かったのでこっち側に居る私たちは実際あきてしまひました。いつになったら兵隊たちがみな馬のたてがみに取りついて、泳いでこっちへ来るのやらすっかり待ちあぐねてしまひました。さっき川を越えて見に行った人たちも、浅瀬に立って将校の訓示を聞いてゐましたが、それもどうも面白くて聞いてゐるやうにも見え、またつまらなさうにも見えるのでした。うるんだ夏の雲の下です。

そのうちたうとう二隻の舟が川下からやって来て、川のまん中にとまりました。兵隊たちはいちばんはじの列から馬をひいてだんだん川へ入りました。馬の蹄(ひづめ)の底の砂利をふむ音と水のばちゃばちゃはねる音とが遠くの遠くの夢の中からでも来るやうに、こっち岸の水の音を越えてやって来ました。私たちはいまにだんだん深い処へさへ来れば、兵隊たちはたてがみにとりついて泳ぎ出すだらうと思って待ってゐました。ところが先頭の兵隊さんは舟のところまでやって来ると、ぐるっとまはって、また向ふへ戻りました。みんなもそれに続きましたので列は一つの環(わ)になりました。

「なんだ、今日はたゞ馬を水にならすためだ。」私たちはなんだかつまらないやうにも思ひましたが、亦(また)、あんな浅い処までしか馬を入れさせずそれに舟を二隻も用意したのを見てどこか大へん力強い感じもしました。それから私たちは養蚕の用もありましたので急いで学校に帰りました。

その次には私たちはたゞ五人で行きました。

はじめはこの前の湾のところだけ泳いでゐましたがそのうちだんだん川にもなれて来て、ずうっと上流の波の荒い瀬のところから海岸のいちばん南のいかだのあるあたりへまでも行きました。そして、疲れて、おまけに少し寒くなりましたので、海岸の西の堺のあの古い根株やその上につもった軽石の火山礫層の処に行きました。

その日私たちは完全なくるみの実も二つ見附けたのです。火山礫の層の上には前の水増しの時の水が、沼のやうになって処々溜ってゐました。私たちはその溜り水から堰をこしらへて滝にしたり発電処のまねをこしらへたり、こゝはオーバアフロウだの何の永いこと遊びました。

その時、あの下流の赤い旗の立ってゐるところに、いつも腕に赤いきれを巻きつけて、はだかに半纏だけ一枚着てみんなの泳ぐのを見てゐる三十ばかりの男が、一梃の鉄梃をもって下流の方から溯って来るのを見ました。その人は、町から、水泳で子供らの溺れるのを助けるために雇はれて来てゐるのでしたが、何ぶんひまに見えたのです。今日だって実際ひまなもんだから、あゝやって用もない鉄梃なんかかついで、動かさなくてもいゝ途方もない大きな石を動かさうとして見たり、丁度私どもが遊びにしてゐる発電所のまねなどを、鉄梃まで使って本当にごつごつ岩を掘って、浮岩の層のたまり水を干さうとしたりしてゐるのだと思ふと、私どもは実は少しをかしくなったのでした。

　ですからわざと真面目な顔をして、

「こゝの水少し干した方がいゝな、鉄梃を貸しませんか。」

と云ふものもありました。

するとその男は鉄梃でとんとんあちこち突いて見てから、

「こゝら、岩も柔いやうだな。」と云ひながらすなほに私たちに貸し、自分は又上流の波の荒いところに集ってゐる子供らの方へ行きました。すると子供らは、その荒いブリキ色の波のこっち側で、手をあげたり脚を俥屋さんのやうにしたり、みんなちりぢりに遁げるのでした。私どもははははあ、あの男はやっぱりどこか足りないな、だから子供らが鬼のやうにこはがってゐるのだと思って遠くから笑って見てゐました。

　さてその次の日も私たちはイギリス海岸に行きました。

　その日は、もう私たちはすっかり川の心持ちになれたつもりで、どんどん上流の瀬の荒い処から飛び込み、すっかり疲れるまで下流の方へ泳ぎました。下流であがっては又野蛮人のやうにその白い岩の上を走って来て上流の瀬にとびこみました。それでもすっかり疲れてしまふと、又昨日の軽石層のたまり水の処に行きました。救助係はその日はもうちゃんとそこに来てゐたのです。腕には赤い巾(きれ)を巻き鉄梃も持ってゐました。

「お暑うござんす。」私が挨拶(あいさつ)しましたらその人は少しきまり悪さうに笑って、

「なあに、おうちの生徒さんぐらゐ大きな方ならあぶないこともないのですが一寸(ちよつと)来て見た所です。」と云ふのでした。なるほど私たちの中でたしかに泳げるものはほんたうに少かったのです。もちろん何かの張合で誰(たれ)か溺(おぼ)れさうになったとき間違ひなくそれを救へるといふ位のものは一人もありませんでした。だんだん談(はな)して見ると、この人はずゐぶんよく私たちを考へてゐて呉(く)れたのです。救助区域はずうっと下流の筏(いかだ)のところなのですが、私たちがこの気もちよいイギリス海岸に来るのを止めるわけにも行かず、時々別の用のあるふりをして来て見てゐて呉れたのです。もっと談してゐるうちに私はすっかりきまり悪くなってしまひました。なぜなら誰でも自分だけは賢こく、人のしてゐることは馬鹿(ばか)げて見えるものですが、その日そのイギリス海岸で、私はつくづくそんな考のいけないことを感じました。からだを刺されるやうにさへ思ひました。はだかになって、生徒といっしょに白い岩の上に立ってゐましたが、まるで太陽の白い光に責められるやうに思ひました。全くこの人は、救助区域があんまり下流の方で、とてもこのイギリス海岸まで手が及ばず、それにも係はらず私たちをは

じめみんなこっちへも来るし、殊に小さな子供らまでが、何べん叱られてもあのあぶない瀬の処に行ってゐて、この人の形を遠くから見ると、遁げてどての蔭や沢のはんのきのうしろにかくれるものですから、この人は町へ行って、もう一人、人を雇ふかさうでなかったら救助の浮標を浮べて貰ひたいと話してゐるといふのです。さうして見ると、昨日あの大きな石を用もないのに動かさうとしたのもその浮標の重りに使ふ心組からだったのです。おまけにあの瀬の処では、早くにも溺れた人もあり、下流の救助区域でさへ、今年になってから二人も救ったといふのです。いくら昨日までよく泳げる人でも、今日のからだ加減では、いつ水の中で動けないやうになるかわからないといふのです。何気なく笑って、その人と談してはゐましたが、私はひとりで烈しく烈しく私の軽率を責めました。実は私はその日までもし溺れる生徒ができたら、こっちはとても助けることもできないし、たゞ飛び込んで行って一緒に溺れてやらう、死ぬことの向ふ側まで一緒について行ってやらうと思ってゐただけでした。全く私たちにはそのイギリス海岸の夏の一刻がそんなにまで楽しかったのです。そして私は、それが悪いことだとは決して思ひませんでした。

　さてその人と私らは別れましたけれども、今度はもう要心して、あの十間ばかりの湾の中でしか泳ぎませんでした。

その時、海岸のいちばん北のはじまで溯って行った一人が、まっすぐに私たちの方へ走って戻って来ました。

「先生、岩に何かの足痕あらんす。」

私はすぐに壺穴の小さいのだらうと思ひました。第三紀の泥岩で、どうせ昔の沼の岸ですから、何か哺乳類の足痕のあることもいかにもありさうなことだけれども、教室でだって手獣の足痕の図まで黒板に書いたのだし、どうせそれが頭にあるから壺穴までそんな具合に見えたんだと思ひながら、あんまり気乗りもせずにそっちへ行って見ました。ところが私はぎくりとしてつっ立ってしまひました。みんなも顔色を変へて叫んだのです。

白い火山灰層のひとところが、平らに水で剥がされて、浅い幅の広い谷のやうになってゐましたが、その底に二つづつ蹄の痕のある大さ五寸ばかりの足あとが、幾つか続いたりぐるっとまはったり、大きいのや小さいのや、実にめちゃくちゃについてゐるではありませんか。その中には薄く酸化鉄が沈澱してあたりの岩から実にはっきりしてゐました。たしかに足痕が泥につくや否や、火山灰がやって来てそれをそのまゝ保存したのです。私ははじめは粘土でその型をとらうと思ひました。一人がその青い粘土を持って来たのでしたが、蹄の痕があんまり深過ぎるので、どうもうまく行きませんでした。私は「あした石膏を用意して来やう」とも云ひました。けれどもそれよりいちばんいゝことはやっぱりその足あとを切り取って、そのまゝ学校へ持って行って標本にすることでした。どうせ又水が出れば火山灰の層が剝げて、新らしい足あとの出るのはたしかでしたし、今のは構はないで置いてもすぐ壊れることが明らかでしたから。

次の朝早く私は実習を掲示する黒板に斯う書いて置きました。

　　八月八日

農場実習　午前八時半より正午まで

　除草、追肥　第一、七組

　蕪菁播種　第三、四組

　甘藍中耕　第五、六組

　養蚕実習　第二組

(午后イギリス海岸に於て第三紀偶蹄類の足跡標本を採収すべきにより希望者は参加すべし。)

そこで正直を申しますと、この小さな「イギリス海岸」の原稿は八月六日あの足あとを見つける前の日の晩宿直室で半分書いたのです。私はあの救助係の大きな石を鉄梃(てこ)で動かすあたりから、あとは勝手に私の空想を書いて行かうと思ってゐたのです。ところが次の日救助係がまるでちがった人になってしまひ、泥岩の中からは空想よりももっと変なあしあとなどが出て来たのです。その半分書いた分だけを実習がすんでから教室でみんなに読みました。

それを読んでしまふかしまはないうち、私たちは一ぺんに飛び出してイギリス海岸へ出かけたのです。

丁度この日は校長も出張から帰って来て、学校に出てゐました。黒板を見てわらってゐました、それから繭を売るのが済んだら自分も行かうと云ふのでした。私たちは新らしい鋼鉄の三本鍬(さんぼんぐは)一本と、ものさしや新聞紙などを持って出て行きました。海岸の入口に来て見ますと水はひどく濁ってゐましたし、雨も少し降りさうでした。雲が大へんけはしかったのです。救助係に私は今日は少しのお礼をしようと思ってその支度もして来たのでしたがその人はいつもの処に見えませんでした。私たちはまっすぐにそのイギリス海岸を昨日の処に行きました。それからていねいにあのあやしい化石を掘りはじめました。気がついて見ると、みんなは大抵ポケットに除草鎌(じょそうがま)を持って来てゐるのでした。岩が大へん柔らかでしたから大丈夫それで削れる見当がついてゐたのでした。もうあちこちで掘り出されました。私はせはしくそれをとめて、二つの足あとの間隔をはかったり、スケッチをとったりしなければなりませんでした。足あとを二つつづけて取らうとしてゐる人もありましたし、も少しのところでこはした人もありました。

　まだ上流の方にまた別のがあると、一人の生徒が云って走って来ました。私は暑いので、すっかりはだかになって泳ぐ時のやうなかたちをしてゐましたが、すぐその白い岩を走って行って見ました。そのあしあとは、いままでのとはまるで形もちがひ、よほど小さかったのです、あるものは水の中にありました。水がもっと退いたらまだまだ沢山出るだらうと思はれました。その上流の方から、南のイギリス海岸のまん中で、みんなの一生けん命掘り取ってゐるのを見ますと、こんどはそこは英国でなく、イタリヤのポムペイの火山灰のやうに思はれるのでした。殊に四五人の女たちが、けばけばしい色の着物を着て、向ふを歩いてゐましたし、おまけに雲がだんだんうすくなって日がまっ白に照って来たからでした。

　いつか校長も黄いろの実習服を着て来てゐました。そして足あとはもう四つまで完全にとられたのです。

　私たちはそれを汀まで持って行って洗ひそれからそっと新聞紙に包みました。大きなのは三貫目もあったでせう。掘り取るのが済んであの荒い瀬の処から飛び込んで行くものもありました。けれども私はその溺れることを心配しませんでした。なぜなら生徒より前に、もう校長が飛び込んでゐてごくゆっくり泳いで行くのでしたから。

しばらくたって私たちはみんなでそれを持って学校へ帰りました。そしてさっきも申しましたやうにこれは昨日のことです。今日は実習の九日目です。朝から雨が降ってゐますので外の仕事はできません。うちの中で図を引いたりして、遊ばうと思ふのです。これから私たちにはまだ麦こなしの仕事が残ってゐます。天気が悪くてよく乾かないで困ります。麦こなしは芒（のぎ）がえらえらからだに入って大へんつらい仕事です。百姓の仕事の中ではいちばんいやだとみんなが云ひます。この辺ではこの仕事を夏の病気とさへ云ひます。けれども全くそんな風に考へてはすみません。私たちはどうにかしてできるだけ面白くそれをやらうと思ふのです。

（一九二三、八、九、）

実習とも遊びともつかないこのイギリス海岸での詩のような時間のすごし方は、そのまま賢治の授業精神の象徴でもあった。

それでは、賢治の目からそのように見えていたイギリス海岸的授業が、生徒たちの目にどう写っていたかということを紹介したいと思う。

宮沢賢治式スイカ失敬作戦というのがあるのですよ。北上川べりで団体で遊んでいるとき、岸辺の笹竹を切って、その茎をストロー状に作るのです。

それで、川の向こう岸には、スイカ畠があったのですよ。そこまで、ストローくわえて、泳いで渡るのですね。泳げる者だけが、失敬する特権があるのです。

さて、向こう岸に泳ぎつくと、足でスイカを蹴って、濁音のしないうまそうな奴を見つけます。そうしてぐさーっとストローを刺して、甘いところを吸うのです。

もっともこれは犯罪ではありません。前の日にこっそり賢治先生が、畠の持ち主のところへ行って、スイカを買い切っていたのですね。

（長坂俊雄）

農業実習のあと、生徒たちを二組に分けて、ディスカッションをさせることもよくありましたよ。あるときのは、「春を好む者」と「秋を好む者」に分けてやりました。わたしは春の組。「春は花が咲いてすばらしい」というようなことを言うのです。すると秋組が、「いや、秋こそ実がなって充実感において勝る」てなことを言うのです。

ときには好まない者が好む組に回されたりします。

それでも一生懸命考えて言います。すると、今まで見えなかった真実が見えてくるのですね。

岩手県を農業県として発展させるのがいいか、工業県として飛躍すべきかというテーマでしたときもありますよ。工業の方が二、三人しかいなくて、負けました。それをてんでに裸で好きな岩の上に猿みたいにしゃがんで言い合うのです。

（長坂俊雄）

そうしたディスカッションスタイルでものを考えさせるという方法は、賢治は好きだったらしく、より大がかりに全校レベルでも行なっている。

そのころ県が、県公会堂を建設するための資金作りに、国道沿いの松並木を売りとばそうとする動きがあったのですね。わたしが一年生のときです。

で、そのことの是否を考えてみようじゃないかとなったんですね。

生徒が一〇人ずつ選ばれて、二組が対峙しました。保守派と伐採派です。

保守派の頭目は宮沢先生です。で、反対側の伐採派の頭目は白藤先生でした。

わたしは宮沢先生チームの選手で、「松の木は成人教育に使うべきで、残すべきだ」と発言しました。

全生徒が講堂に集まって見物して、その前で、二組は向かい合っているのですね。長い間風雪に耐えて生きてきた美しい松並木を伐るなど無謀だと、われわれの組は言いました。

白藤組は、公会堂を作り、時代に合った新しい文化と教育、音楽会とか講演とか、そういうものに使うべきだという説でした。

でも、けっきょく県は松並木を伐って、公会堂を作り、時代に合った新しい文化と教育、音楽会とか講演とか、そういうものに使うべきだという説でした。

けっきょく県は松並木を伐って、公会堂を建てたのですね。で、賢治先生が亡くなられてだいぶたった後、その公会堂で賢治関係の講演会など何度もやったんですよ。


（根子吉盛）

わたしは、実習が終った後、たぶん学校近くの畠で終った後だと思いますが、皆で講堂に集まって、宮沢先生からダンスを習ったのを覚えていますよ。しょっちゅうやったんですよ。先生が持ってきた蓄音器にレコードがかかって、壇の上で鳴っているんです。で、それに合わせて、手上げたり、回ったりして踊るんです。そう四、五〇分もやりましたよ。次々に音楽が変って、盆踊りのような、阿波踊りのような、スクエアダンスのような何かふしぎな踊りをやりましたよ。すうっと身体がとけるようで気持よかったのを覚えています。

（沢田忠雄）

除草をするとき、稲の毛細管が切れるための効果があるということを習ったんですね。そんなことは教科書にはありません。だから予習はいりません。そのかわり復習はいります。実地に水田へ出てゆくのですね。

毛細管が切れると、そこから小さい根がまた生え出す。すると吸い口が多くなるので、肥料の吸収が早くなる、と説明されます。

それも、日光が強く、水があたためられているときの方が吸収がいい。天気の悪い日の除草は意味がないと言うのです。それ聞くだけで面白いですよ。それから実習に出かけるのです。

（長坂俊雄）

麦刈って、脱穀。脱穀は、籾殻が飛んで首に刺さって、汗でべとついて、ほんとに嫌なんですよね。すると賢治先生は、とつぜん大声で「おおい、氷買ってこい」なんて言うのです。

代表がバケツ持って買いに走ります。ブドー液を先生は持ってくるんですね。で、それをぶちこんで、みんなで麦藁で作った長いストローで、立ったまままちゅうちゅう吸って騒ぐんですよ。

そしてふっと上向いて山が見えれば、「あのごつごつした肩のあたりね。あのあたりまで昔は海だったんだな」なんて、とつぜん、先生言うんですよ。おかげで、今でも道ばたで岩を見ても、どんな小さな石ころ見ても、その故事来歴が分かってしまう。

左手をポケットにこう入れてね、畦道を歩くんですよ。賢治先生は。首にペンシルぶら下げてね、菜っ葉服。それで実習の列の先頭に立って、猫背にこうして歩くんですよ。麦藁帽子で、歯出してね。

それが、とつぜん天から電波でも入ったように、さっさっさっと、生徒取り残して、前の方に駈けてゆくのですよ。

そうして、跳び上がって、「ほ、ほうっ」と叫ぶんですよ。

叫んで身体をこまのように空中回転させて、すばやくポケットから手帳を出して、何かものすごいスピードで書くのですよ。あれみんな「春と修羅」なんですね。

（長坂俊雄）

ほうっ、ほほうというのはね、賢治先生の専売特許の感嘆詞でしたよ。どこでもかまわず、とつぜん声を出して、飛び上がるんです。くるくる回りながら、足ばたばたさせて、はねまわりながら叫ぶんです。喜びが湧いてくると、細胞がどうしようもなくなるのですね。身体がまるで軽くなって、もうすぐ飛んでいっちまいそうになるのですね。

（瀬川哲男）

この幸せな生徒たちは、その実習の間に、こんな天才詩人の創作の秘儀までたっぷり見てしまう位置にいたのである。

宮沢先生は、わたしたち生徒に、一次元から四次元までの話をしてくれたのですよ。一次元はただ真直ぐに進むだけしかない世界。

二次元は長さと幅のひろがりがある。
三次元は縦、横、高さとなる。
四次元は、もう人は空を飛ぶし、地下も走る、というようなことを話すのですね。
（根子吉盛）

むずかしい四次元の理論を、生徒は観念ではなく、すでにして賢治から教えられているのである。

第九章　実習　音楽演劇教育

賢治は演劇を教育の一環として取り入れることにとても熱心だった。「植物医師」「飢餓陣営（バナナン大将）」「ポランの広場」「種山ヶ原」など、自作の芝居を何度も生徒たちに上演させ、ときにはその演しものを持って村回りをすることまで計画した。とうぜんのことに、後に農民芸術論として昇華させるべきものたちの前衛だったのであろう。

自らのためにはそうであり、生徒たちのためには、テーマ討論やダンスよりさらに総合的な勉強の場であった。

植物医師の一農民という役をやりましたよ。途中でちょっと出てきて、騙した医師のことを「こいつだって悪い気でやったんではなく、食うに困ってやったんだから、まああまあ」という役です。

それにしても、先生の話から言うと、一体農民は最後にどうなればいいのかというと、農民の芸術が完成して、それが大衆に支持されるようになって、そうしたときに、初めて農民の生活が向上するということなんですね。そのとき農民の生活がよくなる条件が整うということなんですね。

今、農民芸術の根底にある芸能の精神を含んだ芸能が、都会の大衆にも少しずつ理解されるようになってきている。

生命の育みを仕事とする農民たちが主導権を持つことで、ひいてはそれは世界全体の幸福にもつながるのですね。

つまり戦争などというものを放棄して、皆が土の匂いのする生産に寄与する。たとえば「バナナン大将」のバナナン軍のようにやると、世界は平和になるんですね。「飢餓陣営」という芝居の中に、その最後にちゃんとそれがあるんですね。

世界全体の幸福というものは、生産が上がって皆の生活を支えてゆくことから生れるということが、バナナン軍の行進歌にちゃんとある。

（根子吉盛）

長坂俊雄は、「植物医師」で主役の爾薩待医師をやった。この劇は、初めは英語劇としてやるはずだったが、準備が整わず、ふつうの岩手弁の野外劇でやられることになった。

「わたしは医師ですから、白衣を着て、聴診器を持って診察室で待っているのです。するとそこへ、稲の病気で困っている農民が相談にやってくる。と、病人は稲なのに、お医者はいきなりその農民の脈の方を診ようとしてしまうのですね。やっていて、自分でおかしくて、おかしくてどうしようもないような劇でしたよ」

長坂は言う。

「それで、脈をとるとき、もう片方の手で懐中時計をポケットから出して演ずることになっていたのです。それを、わたしは、賢治先生には内緒で、シャツの下に大きな目覚まし時計を隠しておいて、いきなり取り出してみせたんです。すると観客はもちろん、賢治先生も大喜びで、わたしに喜劇の天才というあだ名をくれたのです……」

むろんのことに、農業学校の生徒たちを動かして賢治がやっていたこの農民劇の実験を授業と呼ぶ気は私にはない。

参加した生徒たちも全員ではなく、今日でいうクラブ活動のようなものであった。

農学校時代の賢治（大正13年）

昭和10年、バナナン大将

が、それにしては、そこで演じられていた芝居のその文学的な質の高さは驚異的であった。

たとえば「飢餓陣営」というのは、そのストーリーを未だ読んだことのない読者のために言えば、主人公バナナン大将以下二人の下士官と一〇人の兵士たちが登場する一幕のオペレッタである。

時　不明

場所不明なるもマルトン原と呼ばれている。

幕があくと、風景の果てまで疲れ果てた戦場の跡。からくも全滅を免れたバナナン軍の幕営である。

なぜだかどうしてだかどこかへ出かけてしまった大将が、予定の時間になっても戻らず、みんなやきもきしている。

と、そこへバナナン大将が戻ってくる。

皆腹ぺこの兵たちには、今や食べられそうなものといえば、大将の胸にぶら下っている勲章ぐらいしかない。

そして兵たちは、大将にその勲章の由来を訊く。大将の勲章は、古今東西の由緒正しき戦争から皆もらってきたものだ。

ドラマはつまりそのように深い象徴性を帯びている。

戦いのためにに飢えてやさしくなっている兵たちの姿は、パロディでもなく、シリアスでもなく、しごく透明な一種のカカシのような存在として描かれている。

そうして兵たちは大将の勲章を食いつくしてしまう。

身軽になった大将は、果樹整枝法にもとづいた生産体操というゆかいな体操を創始する。つまりはそういう物語りなのだ。

劇を通じてこの世の仕組みのその隠された暗部に気付く感性を磨く。

自分の心の中にある感動を、言葉や動きでアピールしてみる。

そうした農民にとって従来決定的に欠けていたものを、劇をやることによって取り戻そうと賢治が図ったことは確かである。

そしてそのことは賢治の特許というわけではなかった。

当時のリベラルな考え方を持った人たち、特に教育界で、演劇の効果ということは大きな期待を浴びて、多くの学校にそれを行なう教師たちがいたのである。

文部省は、そのことに本能的な危惧を感じていた。

そうして、一九二四年九月、ついに学校演劇禁止令なる奇っ怪なおふれが出されることになるのである。

音楽に関する賢治のあこがれも強く、手持ちのレコードを学校に持ってきては、よく音楽会をやった。根子吉盛らの記憶によれば、かなりひんぱんにということである。

「初めて聴く西洋の音楽ですからね。わたしたち生徒には、初め何が何だかさっぱり分からなかったのですよ。でも、先生はじっと聴きながら、『あっ、海辺で大きな帽子をかぶった人の帽子のつばが揺れている』とか、『あ、雷が鳴っている』とか、音楽の中に、いつも景色のようなものまで見ていたのです」

根子吉盛は言う。

音楽を聴いて即興の文を書いたり、絵を描いたり。また逆に、文章や絵を見て、それを音に表わしたりというのは、きわめて高度の情操教育の手だてであって、現代でもまだそのモデルが美しく結晶されているとはいえない。

それを賢治はあの時代にすでに摸索していたのだろうか。

ちなみに当時よく生徒たちが聴かされた曲は、ベートーベンの「運命」「田園」「月光」「合唱」などの大曲から「ユーモレスク」「天国と地獄」など親しみやすいものまで実に幅広いメニューであったようである。

学校劇禁止令という暴法によって「飢餓陣営」や「植物医師」の芝居をやることが

出来なくなった賢治は、その分を音楽にふり向けようとし、校内音楽団を作った。

自分もシロホンを受持ってメンバーの一員になった根子吉盛の記憶によれば、それは一〇人の編成で、ご他に楽器は、バイオリン、笛、琴、オルガン、セロ、ハモニカなどがあった。

しかし、この楽団はついに目立った活動をすることもなく自然に消えていった。楽員たちをそろえて、その人生のタクトをふることでは超一流の天才であった賢治も、実際の楽器を並べた場でのコンダクターとなるにはまだ経験が浅く、実質的に理念を実現させてゆくことは出来なかったのである。

むろん、個人的には賢治のレコードコレクションの豊かさは定評があるし、その鑑賞力の鋭さ、底深さはいうまでもない。

あるいは賢治にもう少し時間があったら、音楽を聴かせて踊る授業の延長上に、音楽を聴いて描く授業や、書く、語る授業というものも組み立てられるようなことになっていたかも知れない。

が、それには賢治はあまりにも生き急ぎすぎた。それに言われてこなかったことだが、賢治には求道者といっていいほどの前進の意欲とほとんど双刃の剣のようにして、深い諦念によって鎮められた魂の部分がある。

詩作や詩文の創作においては、つとに私はそれに気づいていたが、今回、教師としての賢治像ということで周辺を調べたり、作品群を読み戻したりしているうちにまた感じた。

教師として燃える賢治のかたわらに、あの絶唱「フランドン農学校の豚」のラストシーンの月のように冴えざえとして行きつくした感じの賢治が同伴していることも、忘れてはならないことなのである。

音楽において早々と現われたそのことが、代数や化学、肥料、土壌といった他の科目においても、いつかやがて兆しを見せはじめることにはならなかったかと、私はひそかに思う部分がある。今日においてもだが、当時もまた、異次元人のように豊かで敏感すぎる賢治の感性が、知的大衆に容認されつづけられるはずはなかったのだ。

五年という月日の短かさを惜しむ心より以上に、私はだから、その歳月の限界というものを考える。

五年は、あらゆる意味で、賢治にとっては逆にパーフェクトだったのである。

第十章　参照　温泉学大演習

賢治はまた、生徒たちを連れてよく岩手山などに登った。

根子吉盛は、ある年の七月一日、山開きの日の登山の思い出を懐しく話す。

それは、二年生の実習としての登山だったと思います。希望者をつのって、岩手山へ行くことになったのです。

で、家の親父は、腹が空くと大変だからというので、おにぎりをごそっと作って、網袋に入れ、背負わせてくれたのですよ。

他に賢治先生は、全員に、各自油紙か新聞紙を四、五枚持ってくるようにと言っていました。初め意味が分からなかったのだけれど、山の上で寒くてどうしようもなくなったとき、それを身体に巻いたのです。見事にそれが役立ったのですよ。

出発したのは土曜日の午後でした。花巻駅から汽車に乗って行って、滝沢駅で下りたのです。

そうしてそこから歩きはじめました。

途中で日が暮れて、月が出てきました。満月みたいなまんまるい月です。

賢治先生は、そのときも、

「ほほうい、ほほうい」

と叫びながら、大きく手を開いたり閉じたりして飛びまわりました。

滝沢の神社について一休み。

「さあ、これからが大変だぞ」

と先生は言いました。

三合目で、また小休止しました。そこで弁当も食べたのです。

五合目を越えたあたりでしょうか、

「ここは難所だぞ。がんばれ」

と、先生が皆を励ましました。そうして自分はしんがりを登ってくるのです。下から励まし声が上ってくるのです。

一人の落ちこぼれもなく、全員が頂上に到着しました。

岩手山

ご来光を拝むにはまだ大分間のある時間でした。誰かがたきぎを集めてきて、焚火がはじまりました。

それでも寒くて身体がふるえてくるのです。で、そのときみんな、新聞紙を身体に巻きつけたのです。そうすると、シャツを着足したようにあたたかくなったのです。

ご来光は見えたのか、見えなかったのか忘れました。とにかく夜が明けて、お鉢回りをすることになったのです。

風が強く、周囲を雲海が囲んでいました。

そしてその上はるかかなたに、早池峰(はやちね)山と、岩木山、鳥海山が見えました。

そのお鉢回りの途中でも、賢治先生は、何度も立ちどまって、手帳にいろいろ書いていました。

お鉢回りが終ったところで、全員で持ってる食べものを全部出して、食事にしました。山のように背負っていったわたしのおにぎりも、あっという間に皆に食われました。

そうして、最後に一つ残ったおにぎりを、先生とわたしは、二つに分けて食べたのです。

雨が降り出しそうな雲行きになってきたので、予定を早めて下山することになりました。

六合目あたりで、ちょっと降られたのだったかなと思います。先生は、

「根子くん、きみは丈夫だから一番最後に二人で下りよう」

と言い、そうしました。

三合目あたりに水の湧くところがあって、皆そこで顔を見合わせて笑いながら、腹いっぱい水を飲みました。

それでもだんだん腹が空いてきました。それで滝沢駅まで行く途中にうまい具合いに豆腐屋があったものだから、そこで一丁ずつ皿にのせてもらって、しょうゆをかけて食べました。

別の日、沢田忠雄は、真夜中に三合目で大雨に遇い、小屋に避難したことを覚えている。

「全部で生徒は一五、六人もいたでしょうか。堀籠先生も一緒でしたよ。それであんまり寒いので、小屋の裏板はがして焚火したのですよ。寒くて雨でもう登れないので、引き返しました。途中、滝沢駅までまだ大分あるところで、急に賢治先生の姿が見え

なくなってしまいました。どうしたんだろうと、皆心配したんです。すると、先生は、先に滝沢駅について、駅長室で、サケ缶開けて一緒にたいたご飯を作ってくれて待っていたのですよ。みんな仲よく一膳ずつ食べました」

花巻農学校がまとめた「花農80年史」の中では、佐藤源次郎がこんな証言をしている。

また「岩手山に登山するが一緒に行かないか」「はい」ということでついて行ったことがある。柳沢から行って、夜中の三時ごろ山に登り出したところ、大雨が降ってきた。山の中に入ってしまったら真暗で、三合目だかに鎖をつけた急な所がある。そこを乗り越えていった。

雨が降って真暗な林の中だものだから、わたしは二番目であったが、先頭の先生がどんと落ちてしまった。

どのくらい深い所へ落ちたのか分からない。そこで、電灯ないか、電灯ないかということで、四、五人ついて行ったと思うが、誰がついて行ったか記憶ないけど、穴は六尺ぐらいであったろうか。二間四方くらいの岩穴に落ちてしまった。

先生は、

「ほほほー、ほほほー」

って笑ってのこのこ上がってきて、

「ややっぱりだめだな、これは」

と言った。

今日はとりやめにしようということになり、柳沢の駅まできて、玄米パンを皆にごちそうするからと、実習服や、採草、草花をとるためだか何か研究するための材料を入れるトタンで作った長いカバンをいつも持っていたが、その中から玄米パンをとり出して、皆にまわして食べさせた。

それからこれはクラブ活動ともまたちがって、個別な賢治のいたずらといっていいような事柄なのだが、寄宿舎にいる生徒たちを誘って、何度か夜中の温泉はしごをやっている。

晴山亮一はそのときのことを懐しそうにこう話す。

三月末の、もうそろそろ温かくなりかけていた時期だと思います。ある夜当直の宮

沢先生が、わたしたちのところへやってきて、

「どこか散歩に行かないか」

と誘われたのです。

夕食を食べたあと三人で出かけました。

初めは四本杉のあたりまで行くつもりだったのです。で、四本杉について寝転んでしゃべっているうちに、草の感じがとてもやわらかでいいものだから、今度は一本杉まで行ってみようということになりました。

月が出てきて、それがまたとても美しい晩でした。

一本杉でもまた草に横になって、いろんな話をしました。

わたしたちは、学校の制服を着て、外とうをかけていました。で、宮沢先生はジャンパーです。

ずうっと歩いて、志戸平温泉まで行ってしまいました。

初めまだ疲れないうちは、みんなめいめいの歩き方で後先になりながら歩いていたのです。

でもそれが疲れてくると、皆同じ歩き方になるのですね。面白いものです。

やっと志戸平温泉についたら、あそこに木の橋があるのですよ。その橋のそばに沢

山花が咲いていて、月光に照らされて、波のように揺れているのです。今でもその光景が目に浮かびます。

それから温泉に入りました。湯代はちょうど二〇銭わたしが親父からもらったのがポケットに入っていたので、それで払いました。

出てきたら月がもっときれいに花の波を揺らせていました。まるで酔ったようになって、先生が、

「もっと奥へ歩こう」

と言いました。それで大沢温泉まで歩いてしまったんです。

大沢温泉へ行く途中に山の神というお宮があります。そこで一休みしました。ところが、わたしともう一人の生徒は、歩き疲れていたので、ついうとうと眠ってしまったのです。

がたがたっという物音で目を覚ますと、先生の姿が見えません。物音がしたのは、さい銭箱に入れられた米を食いに、ねずみがきたのです。

わたしは心配になって立ち上がりました。

と、向こうの山の方で、うわあっというような叫び声がするのです。いや、叫び声と思ったのはそうではなかったのです。歌を歌っていたのです。

春はまだきの朱雲(あけ)を
アルペン農の汗に燃し
縄と菩提樹皮(マダカ)にうちよそひ
風とひかりにちかひせり
　四月は風のかぐはしく
　雲かげ原を超えくれば
　雪融けの草をわたる
（註・メロディはドボルザーク「新世界交響曲」の一部）

「種山ヶ原」あの歌だったんです。

あ、先生あっちにいるんだなと思いました。

大沢温泉につくと、もう閉まっていました。でも先生は裏からわたしたち二人を連れて入って、湯につかりました。で、そのときです。これこれしかじかで生徒二人連れて無断で湯につかったけれど、湯代はあした郵便で送りますと書いた紙を柱に貼りつけてきたのは。

そしてその後、ますます妖しく美しくなってゆく月に誘われて、鉛温泉、西鉛温泉と、どんどん山の上の方まで行ってしまったのです。

第十一章　幻の国語授業

長坂俊雄に言わせれば、賢治先生が他の先生たちと決定的にちがっていたのは、それは脱線ですという。

花巻農学校の当時の時間割を見てみると、もちろん国語の授業はあるわけだが、それは白藤慈秀教諭の担当で、賢治は公には一度もそのために教壇に立ったことはない。

もし賢治の国語授業というものがあったなら、天下の絶品だったと思うのだけれど仕方がない。

「白藤先生の国語の授業は、ただ漢字を読んだり、書いたりだけでした……でも、作文もたまにありましたし、地獄極楽の話なんかを急に聞かせてくれることもありました。社会の階層についてじっくり話してくれたこともありました」

と、長坂俊雄は回想する。

ただ機械的に教科書をなぞる教師ではなく、ひかえ目にだが己の内にあるものを授業の間に滲み出させようとしていた、白藤はきわめて良心的な教師だったといえる。

それにくらべて、賢治という存在は、あまりにも個性的で大きすぎた。大きすぎたが、逆にそれを包みきれるだけの一種地つきの大らかさがまだあったその五年間の花巻農学校というのは、何と幸福だったのだろうと私は思う。

賢治の脱線の数々はこの本の中にも散りばめてあるが、その中の一つに、本の速読ということもあったらしい。

どこで学んだのか、自分で編み出した技術なのか、ほとんどただめくるだけのようなスピードで指を動かしながら、ページの右上の角から左下隅に向かって斜めに速読出来る技術を、賢治は持っていたと、瀬川哲男たちは証言する。

すると、実習の場所でか教室でか、いつか賢治は皆の前でそんなこともやってみせたことがあったのかもしれない。

「その他に、目は動かさず、開いたページをただ睨むだけで、一瞬写真の乾板に写すみたいにして、頭に焼きつけてしまう方法も知っていたようです」

と瀬川哲男は言う。

が、そんな数々の脱線の中でも最も私が羨しく美しく感ずるのは、授業中の自作の詩や詩文の朗読である。

「『風野又三郎』、『銀河鉄道の夜』それらを賢治先生は読んでくれたのですよ」

根子吉盛が言う。

ある日、賢治先生は、休まれた堀籠先生のかわりに授業にこられたのです。学科は何の時間であったか忘れましたが、でも先生は、堀籠先生には堀籠先生の教え方があるのだから、自分が同じ学科の授業をしてはいけないと思われたのではないですか。入ってくるとすぐこう言われたのです。

「今日は、わたくし堀籠先生のかわりにきたのだけれど……実は、わたし、今度、『風野又三郎』というのを書いたから、みんなよければ、読んでしらせましょう」

もちろん異存はない。みんなはいと言う。

「ドドード、ドドード、ドードドードー」

先生は読みはじめます。

冒頭の風音のところを、根子吉盛はなぜかそのように耳で覚えている。本文のそれは今は、

どっどど　どどうど　どどうど　どどう

として知られているし、彼ももちろんそれは熟知しているのだが、どうしてか彼はそのように覚えている。根子吉盛の感性の陽だまりの中で、しだいに思い出が発酵していってそうなったのか、それとも賢治の作品がまだほんとうに竈(かまど)を出たばかりのほかほかのその時期、あの風の音がそんなふうに読まれたこともあったのか、私には分からない。

分からないがしかし、私には、根子吉盛の声で読まれる風の音が、ひどくその午後の花巻の曇り日に似合っているなと感じたことを覚えている。

花巻農学校の教室、左側窓ぎわ前から四列目の木の机で、その日根子吉盛は、世界中の誰よりも一番早く、しかも賢治の肉声で、あの物語を聞いたのである。

少年フェアリーである又三郎が、南の方の海で生れたサイクルホールに乗って飛んできて、途中高洞山のまっ黒な蛇紋岩に、一つかみの雲をたたきつけたり、休んだり、小さなチャーミングないたずらをたくさん重ねて、また去ってゆく、あの物語を聞いたのだ。

あんまり空の青い石を突っつかないでくれっ、て挨拶したんだ。するとあいつが云ったねえ、ふん、青い石に穴があいたら、お前にも向ふ世界を見物させてやらうって云ふんだ。

という、あの異次元の入り口をどきどきするような興奮で覗かせてくれる「風野又三郎」を最初に聞いたのである。

沢田忠雄の耳の奥には

「ダスコダスコ、ダスコダスコ……」

と無限につづく一つの声が残っている。

それは賢治が「鹿踊りのはじまり」を読んでくれたときの記憶なのだという。

ところが、ダスコダスコという言葉は「鹿踊りのはじまり」の本文にはないのだ。

「原体剣舞連」と重なっているのではないかと問うてみたけれど、ちがう。陽ざしさんさんと降る校庭の見えるどこか部屋の中で彼が聞かされたのは、やっぱり鹿たちが

賢治が愛した鹿踊り

鬼剣舞

手拭い囲んで一生懸命考えているあの物語なのである。

するとまたしても、思い出の中の陽だまりで、それは発酵したのだろうか。

それとも賢治がやったすてきな変奏曲だったのだろうか。今となっては分からない。

「鹿踊りのはじまり」中の鹿たちが近づいたり引いたり歩く音に試しにそれを当てはめて読んでみた。すると、この剣舞の場を詩った詩のライトモチーフが、ここでも実によく似合うのに私はびっくりした。

瀬川哲男の耳の奥には、「春と修羅」の序を朗読してくれたときの賢治の声がまだ息づくようにして残っている。

序

わたくしといふ現象は
仮定された有機交流電燈の

ひとつの青い照明です
（あらゆる透明な幽霊の複合体）
風景やみんなといっしょに
せはしくせはしく明滅しながら
いかにもたしかにともりつづける
因果交流電燈の
ひとつの青い照明です
（ひかりはたもち　その電燈は失はれ）

これらは二十二箇月の
過去とかんずる方角から
紙と鑛質（くわうしつ）インクをつらね
（すべてわたくしと明滅し
　みんなが同時に感ずるもの）
ここまでたもちつゞけられた
かげとひかりのひとくさりづつ

そのとほりの心象スケッチです

これらについて人や銀河や修羅や海胆(うに)は
宇宙塵をたべ　または空気や塩水を呼吸しながら
それぞれ新鮮な本体論もかんがへませうが
それらも畢竟(ひつきやう)こゝろのひとつの風物です
たゞたしかに記録されたこれらのけしきは
記録されたそのとほりのこのけしきで
それが虚無ならば虚無自身がこのとほりで
ある程度まではみんなに共通いたします
(すべてがわたくしの中のみんなであるやうに
　みんなのおのおののなかのすべてですから)

けれどもこれら新生代沖積世の
巨大に明るい時間の集積のなかで
正しくうつされた筈のこれらのことばが

わづかその一点にも均しい明暗のうちに
　（あるいは修羅の十億年）
すでにはやくもその組立や質を変じ
しかもわたくしも印刷者も
それを変らないとして感ずることは
傾向としてはあり得ます
けだしわれわれがわれわれの感官や
風景や人物をかんずるやうに
そしてたゞ共通に感ずるだけであるやうに
記録や歴史　あるいは地史といふものも
それのいろいろの論料（データ）といっしょに
（因果の時空的制約のもとに）
われわれがかんじてゐるのに過ぎません
おそらくこれから二千年もたったころは
それ相当のちがった地質学が流用され
相当した証拠もまた次次過去から現出し

みんなは二千年ぐらゐ前には
青ぞらいっぱいの無色な孔雀が居たとおもひ
新進の大学士たちは気圏のいちばんの上層
きらびやかな氷窒素のあたりから
すてきな化石を発掘したり
あるいは白堊紀砂岩の層面に
透明な人類の巨大な足跡を
発見するかもしれません

すべてこれらの命題は
心象や時間それ自身の性質として
第四次延長のなかで主張されます

この詩は、ろうろうと読まれた後で、かんで含めるように解説された。すでに化学や肥料の時間に細胞のこと、分子のことを習い、日々賢治の話を聞かされつづけていた生徒たちにとっては、ある意味で一度ですんなりと皮膚に染み込んでくることの出来る詩だったかもしれない。

「この自分という存在が、周囲の風景と一緒にゆらゆら明滅している存在なのだという言われ方には、強い衝撃を受けたものです」

瀬川哲男は言う。

「人間というものは、瞬間に死んで、また生きて、死んでいる。その証拠に、死骸が排泄され、垢になって放たれているのだということ。しかも青い照明だというのでしょう……賢治先生にとって『青い光』という意味は、餓鬼や修羅のことですからね……じいんと頭がしびれました」

それからまた、教室の賢治は、後に書かれる「農民芸術概論」の要となった諸説も、すでに話してきかせてくれていたと彼は証言する。

善は脳の内部に無限に潜入する。

悪は表面意識に止まり、内部に潜入しない。

表面意識部に止まり善の内部への潜入を妨害する。

善は無限に潜入する。

善の潜入するほど無意識は無限に発展する。

明るくなる。

頭は軽くなる。

悪は表面意識に止まり、蓄積すればするほど頭は無意識を圧迫して苦しくなり、自由を欠く。

重くなる。

暗くなる。

ゆえに悪いことは考えるべきでない。


（瀬川哲男メモ）

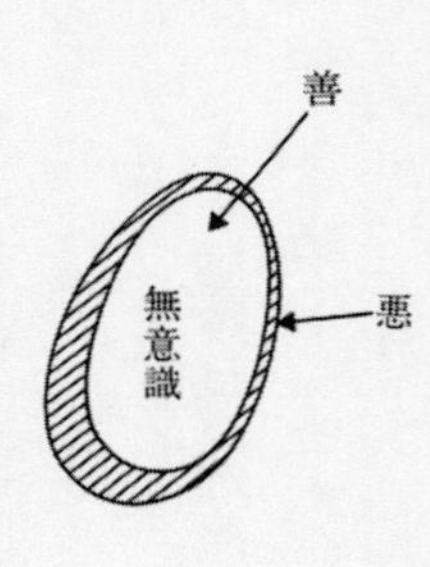

直ちに私たちは、「農民芸術概論綱要」の中のあの美しい言葉を思い出すことが出来る。

いまわれらにはただ労働が　生存があるばかりである
宗教は疲れて近代科学に置換され然も科学は冷く暗い
芸術はいまわれらを離れ然もわびしく堕落した
いま宗教家芸術家とは真善若くは美を独占し販るものである
われらに購ふべき力もなく　又さるものを必要とせぬ
いまやわれらは新たに正しき道を行き　われらの美をば創らねばならぬ
芸術をもてあの灰色の労働を燃せ

「農民芸術概論」は、単に賢治の理想とした農民芸術の理念を集大成しようとした大長編の序章であるばかりでなく、彼の宗教的試行錯誤（たとえば国柱会への一時の傾倒などを含む）を認める重大な意味を持つ文章であるとも読める。
鈴木三重吉主宰の「赤い鳥」他中央文壇の芸術に与える害とそれが隆盛であることへのおぞましさを、はっきりと感じさせる文でもある。

そうした意味でもまた問い直されなければならない作品だが、その草稿のモチーフが、生の肉声で、彼ら生徒たちに語られていたのである。瀬川哲男のメモは、彼自身も言うとおり、それの一部であったのだ。

第十二章　作品の中の教師像生徒像

「或る農学生の日誌」

教師としての賢治像を問いつめてゆくと、どうしても私には、演奏者と楽器という関係が思われてきてならないのだ。

卓越した文学者である賢治と生徒というちがいがそう思わせるのではない。教師としての賢治の姿勢そのものが、いかにもそうであったと思うのだ。

そういう意味でいえば、賢治はどういう教師であったかという言葉を、賢治は、どう生徒たちを鳴らしたのかと置き換える方が、私にとっては落ちついた感じになる。

そういった眼差しで見てゆくと、賢治の作品群の中にも、賢治というコンダクター（もしくは演奏者）を得て鳴っている生徒らが生き生きと描かれていることが分かる。

前出の「イギリス海岸」「台川」「イーハトーボ農学校の春」他に幾つかの詩の中にもそれはある。

もう少し思索の部屋に風を入れれば、「風野又三郎」「風の又三郎」のあの学校の生徒たちも、「ペンネンネンネンネン・ネネムの伝記」「グスコーブドリの伝記」の素敵な学校の生徒である主人公も、「革トランク」の主人公も入ってきたっていい。

が、そうしたロマネスクに対しては、とりあえずたぶん賢治は照れるだろう。照れてそうして私にこうつぶやくように言うだろう。

「わたくしのことはさておいて、生徒たちのあの輝くばかりの生活ぶりを見てやってくれませんか……」

確かに賢治の言うとおりだ。ここいらで、今一度、実際の汗と、カビ臭い家の臭いと、治らない筋肉の痛みと、親たちのしかつめ顔と、そんなもろもろのある生徒たちの現実をふり返ってみるのもいいかもしれない。

そういう意味で、賢治の「或る農学生の日誌」は、まさにぴったりの証言をしていると私は思うのである。

或る農学生の日誌

序

ぼくは農学校の三年生になったときから今日まで三年の間のぼくの日誌を公開する。どうせぼくは字も文章も下手だ。ぼくと同じやうに本気に仕事にかゝった人でなかったらこんなもの実に厭な面白くもないものにちがひない。いまぼくが読み返して見てさへ実に意気地なく野蛮なやうな気のするところがたくさんあるのだ。ちゃうど小学校の読本の村のことを書いたところのやうにじつにうそらしくてわざとらしくていやなところがあるのだ。けれどもぼくのはほんたうだから仕方ない。ぼくらは空想でならどんなことでもすることができる。けれどもほんたうの仕事はみんなこんなにちみなのだ。そしてその仕事をまじめにしてゐるともう考へることも考へることもみんなぢみな、さうだ、ぢみといふよりはやぼな所謂田舎臭いものに変ってしまふ。

ぼくはひがんで云ふのでない。けれどもぼくが父とふたりでいろいろな仕事のことを云ひながらはたらいてゐるところを読んだら、ぼくを軽べつする人がきっと沢山あるだらう。そんなやつをぼくは叩きつけてやりたい。ぼくは人を軽べつするかさうでなければ妬(ねた)むことしかできないやつらはいちばん卑怯(ひけふ)なものだと思ふ。ぼくのやうに働いてゐる仲間よ、仲間よ、ぼくたちはこんな卑怯さを世界から無くしてしまはうではないか。

一九二五、四月一日　火曜日　晴

今日から新らしい一学期だ。けれども学校へ行っても何だか張合ひがなかった。一年生はまだはひらないし三年生は居ない。居ないのでないもうこっちが三年生なのだが、あの挨拶(あいさつ)を待ってそっと横眼(よこめ)で威張ってゐる卑怯な上級生が居ないのだ。そこで何だか今まで頭をぶっつけた低い天井裏が無くなったやうな気もするけれどもまた支柱をみんな取ってしまった桜の木のやうな気もする。今日の実習にはそれをやった。去年の九月古い競馬場のまはりから掘って来て植て置いたのだ。今ごろ支柱を取るのはまだ早いだらうとみんな思った。なぜならこれからちゃうど小さな根が出るころなのに西風はまだまだ吹くから幹がてこになってそれを切るのだ。けれども菊池先生はみんな除(と)らせた。花が咲くのに支柱があっては見っともないと云ふのだけれども桜が咲くにはまだ一月もその余もある。菊池先生は春になったのでたゞ面白くてあれを取ったのだとおもふ。

その古い縄(なは)だの冬の間のごみだの運動場の隅(すみ)へ集めて燃やした。そこでほかの実習の組の人たちは羨(うらや)ましがった。午前中その実習をして放課になった。教科書がまだ来ないので明日もやっぱり実習だといふ。午后はみんなでテニスコートを直したりした。

四月二日　水曜日　晴

今日は三年生は地質と土性の実習だった。斉藤(さいとう)先生が先に立って女学校の裏で洪積層と第三紀の泥岩の露出を見てそれからだんだん土性を調べながら小船渡(こぶなと)の北上(きたかみ)の岸へ行った。河へ出てゐる広い泥岩の露出で奇体なギザギザのあるくるみの化石だの赤い高師小僧(たかしこぞう)だのたくさん拾った。それから川岸を下って朝日橋を渡って砂利になった広い河原へ出てみんなで鉄鎚(かなづち)でいろいろな岩石の標本を集めた。河原からはもうかげろふがゆらゆら立って向ふの水などは何だか風のやうに見えた。河原で分れて二時頃(ころ)うちへ帰った。

そして晩まで垣根(かきね)を結って手伝った。あしたはやすみだ。

四月三日　今日はいひ付けられて一日古い桑の根掘りをしたので大へんつかれた。

四月四日、上田君と高橋君は今日も学校へ来なかった。上田君は師範学校の試験を受けたさうだけれどもまだ入ったかどうかはわからない。なぜ農学校を二年もやってから師範学校なんかへ行くのだらう。高橋君は家で稼いでゐてあとは学校へは行かないと云ったさうだ。高橋君のところは去年の旱魃がいちばんひどかったさうだから今年はずゐぶん難儀するだらう。それへ較べたらうちなんかは半分でもいくらでも穫れたのだからいゝ方だ。今年は肥料だのすっかり僕が考へてきっと去年の埋め合せを付ける。実習は苗代掘りだった。去年の秋小さな盛りにしてゐた土を崩すだけだったから何でもなかった。教科書がたいてい来たさうだ。ただ測量と園芸が来ないと云ってゐた。あしたは日曜だけれども無くならないうちに買ひに行かう。僕は国語と修身は農事試験場へ行った工藤さんから譲られてあるから残りは九冊だけだ。

四月五日　日

南万丁目へ屋根換への手伝ひにやられた。なかなかひどかった。屋根の上にのぼってゐたら南の方に学校が長々と横はってゐるやうに見えた。ぼくは何だか今日は一日あの学校の生徒でないやうな気がした。教科書は明日買ふ。

四月六日　月

今日は入学式だった。ぼんやりとしてそれでゐて何だか堅苦しさうにしてゐる新入生はをかしなものだ。ところがいまにみんな暴れ出す。来年になるとあれがみんな二年生になってい丶気になる。さ来年はみんな僕らのやうになってまた新入生をわらふ。さう考へると何だか変な気がする。伊藤君と行って本屋へ教科書を九冊だけとって置いて貰ふやうに頼んで置いた。

四月七日　火、朝父から金を貰って教科書を買った。

そして今日から授業だ。測量はたしかに面白い。地図を見るのも面白い。ぜんたいこ丶らの田や畑でほんたうの反別になってゐる処がないと武田先生が云った。それだから仕事の予定も肥料の入れやうも見当がつかないのだ。僕はもう少し習ったらうちの田をみんな一枚づつ測って帳面に綴ぢて置く。そして肥料だのすっかり考へてやる。きっと今年は去年の旱魃の埋め合せと、それから僕の授業料ぐらゐを穫って見せる。

実習は今日も苗代掘りだった。

四月八日　水、今日は実習はなくて学校の行進歌の練習をした。僕らが歌って一年生がまねをするのだ。けれどもぼくは何だか圧しつけられるやうであの行進歌はきらひだ。何だかあの歌を歌ふと頭が痛くなるやうな気がする。実習の方が却ってい丶くらゐだ。学校から纒めて注文するといふので僕は苹果を二本と葡萄を一本頼んで置いた。

四月九日〔以下空白〕

一千九百二十五年五月五日　晴

まだ朝の風は冷たいけれども学校へ上り口の公園の桜は咲いた。けれどもぼくは桜の花はあんまり好きでない。朝日にすかされたのを木の下から見ると何だか蛙の卵のやうな気がする。それにすぐ古くさい歌やなんか思ひ出すしまた歌など詠むのろのろしたやうな昔の人を考へるからどうもいやだ。そんなことがなかったら僕はもっと好きだったかも知れない。誰も桜が立派だなんて云はなかったら僕はきっと大声でそのきれいさを叫んだかも知れない。僕は却ってたんぽぽの毛の方を好きだ。夕陽になんか照らされたらいくら立派だか知れない。

今日の実習は陸稲播きで面白かった。みんなで二うねづつやるのだ。ぼくは杭を借りて来て定規をあてて播いた。種子が間隔を正しくまっすぐになった時はうれしかった。いまに芽を出せばその通り青く見えるんだ。学校の田のなかにはきっとひばりの巣が三つ四つある。実習してゐる間になんべんも降りたのだ。けれども飛びあがる所はつい見なかった。ひばりは降りるときはわざと巣からはなれて降りるから飛びあがるとこを見なければ巣のありかはわからない。

一千九百二十五年五月六日

今日学校で武田先生から三年生の修学旅行のはなしがあった。今月の十八日の夜十時で発って二十三日まで札幌から室蘭をまはって来るのださうだ。先生は手に取るやうに向ふの景色だの見て来ることだの話した。

津軽海峡、トラピスト、函館、五稜郭、えぞ富士、白樺、小樽、札幌の大学、麦酒会社、博物館、デンマーク人の農場、苫小牧、白老のアイヌ部落、室蘭、あゝ僕は数へただけで胸が踊る。五時間目には菊池先生がうちへ宛てた手紙を渡して、またいろいろ話された。武田先生と菊池先生がついて行かれるのださうだ。行く人が二十八人にならなければやめるさうだ。それは県の規則が全級の三分の一以上参加するやうになってるからださうだ。けれども学校へ十九円納めるのだしあと五円もかゝるさうだからきっと行けると思ふ人はと云ったら内藤(ないとう)君や四人だけ手をあげた。みんな町の人たちだ。うちではやってくれるだらうか。父が居ないので母へだけ話したけれども母は心配さうに眼をあげただけで何とも云はなかった。けれどもきっと父はやってくれるだらう。そしたら僕は大きな手帳へ二冊も書いて来て見せよう。
五月七日
今朝父へ学校からの手紙を渡してそれからいろいろ先生の云ったことを話さうとした。すると父は手紙を読んでしまってあとはなぜか大へんあたりに気兼ねしたやうすで僕が半分しか云はないうちに止めてしまった。そしてよく相談するからと云った。祖母や母に気兼ねをしてゐるのかもしれない。

五月八日　行く人が大ぶあるやうだ。けれどもうちでは誰(たれ)も何とも云はない。だから僕はずゐぶんつらい。

五月九日
三時間目に菊池先生がまたいろいろ話された。行くときまった人はみんな面白さうにして聞いてゐた。僕は頭が熱くて痛くなった。あゝ北海道、雑嚢を下げてマントをぐるぐる捲いて肩にかけて津軽海峡をみんなと船で渡ったらどんなに嬉しいだらう。

五月十日　今日もだめだ。

五月十一日　日曜日　曇　午前は母や祖母といっしょに田打ちをした。午后はうちのひば垣をはさんだ。何だか修学旅行の話が出てから家中へんになってしまった。僕はもう行かなくてもいゝ。行かなくてもいゝから学校ではあと授業の時間に行く人を調べたり旅行の話をしたりしなければいゝのだ。

北海道なんか何だ。ぼくは今に働いて自分で金をもうけてどこへでも行くんだ。ブラジルへでも行って見せる。

五月十二日、今日また人数を調べた。二十八人に四人足りなかった。みんなは僕だの斉藤君だの行かないので旅行が不成立になると云ってしきりに責めた。武田先生まで何だか変な顔をして僕に行けと云ふ。僕はほんたうにつらい。明後日までにすっかり決まるのだ。夕方父が帰って炉ばたに居たからぼくは思ひ切って父にもう一度学校の事情を云った。

すると父が母もまだ伊勢詣りさへしないのだし祖母だって伊勢詣り一ぺんとこゝらの観音巡り一ぺんしただけこの十何年死ぬまでに善光寺へお詣りしたいとそればかり云ってゐるのだ、ことに去年からのこゝら全体の旱魃でいま外へ遊んで歩くなんてことはとなりやみんなへ悪くてどうもいけないといふことを云った。

僕はいくら下を向いてゐても炉のなかへ涙がこぼれて仕方なかった。それでもしばらくたってからそんなら僕はもう行かなくてもいゝからと云った。ぼくはみんなが修学旅行へ発つ間休みだといって学校は欠席しようと思ったのだ。すると父がまたしばらくだまってゐたがとにかくもいちど相談するからと云ってあとはいろいろ稲の種類のことだのふだんきかないやうなことまでぼくにきいた。ぼくはけれども気持ちがさっぱりした。

五月十三日　今日学校から帰って田へ行って見たら母だけ一人居て何だか嬉しさうにして田の畦を切ってゐた。何かあったのかと思ってきいたら、今にお父さんから聞けといった。ぼくはきっと修学旅行のことだと思った。僕もそこで母が家へ帰るまで田打ちをして助けた。

けれども父はまだ帰って来ない。

五月十四日、昨夜父が晩(おそ)く帰って来て、僕を修学旅行にやると云った。母も嬉しさうだったし祖母もいろいろ向ふのことを聞いたことを云った。祖母の云ふのはみんな北海道開拓当時のことらしくて熊(くま)だのアイヌだの南瓜(かぼちゃ)の飯や玉蜀黍(たうもろこし)の団子やいまとはよほどちがふだらうと思はれた。今日学校へ行って武田先生へ行くと云って届けたら先生も大へんよろこんだ。もうあと二人足りないけれども定員を超えたことにして県へは申請書を出したさうだ。ぼくはもう行ってきっとすっかり見て来る、そしてみんなへ詳しく話すのだ。

一九二五、五、一八、

汽車は闇(やみ)のなかをどんどん北へ走って行く。盛岡(もりおか)の上のそらがまだぼうっと明るく濁って見える。黒い藪(やぶ)だの松林だのぐんぐん窓を通って行く。北上山地の上のへりが時々かすかに見える。

さあいよいよぼくらも岩手県をはなれるのだ。

うちではみんなもう寝ただらう。祖母(おばあ)さんはぼくにお守りを貸してくれた。さよなら、北上山地、北上川、岩手県の夜の風、今武田先生が廻ってみんなの席の工合や何かを見て行った。

五月十九日

※

いま汽車は青森県の海岸を走ってゐる。海は針をたくさん並べたやうに光ってゐるし木のいっぱい生えた三角な島もある。いま見てゐるこの白い海が太平洋なのだ。その向ふにアメリカがほんたうにあるのだ。ぼくは何だか変な気がする。海が岬で見えなくなった。松林だ。また見える。次は浅虫だ。石を載せた屋根も見える。何て愉快だらう。

※

青森の町は盛岡ぐらゐだった。停車場の前にはバナナだの苹果だの売る人がたくさんゐた。待合室は大きくてたくさんの人が顔を洗ったり物を食べたりしてゐる。待合室で白い服を着た車掌みたいな人が蕎麦も売ってゐるのはをかしい。

船はいま黒い煙を青森の方へ長くひいて下北半島と津軽半島の間を通って海峡へ出るところだ。みんなは校歌をうたってゐる。けむりの影は波にうつって黒い鏡のやうだ。津軽半島の方はまるで学校にある広重(ひろしげ)の絵のやうだ。山の谷がみんな海まで来てゐるのだ。そして海岸にわづかの砂浜があってそこには巨(おほ)きな黒松の並木のある街道が通ってゐる。少し大きな谷には小さな家が二三十も建ってゐてそこの浜には五六さうの舟もある。さっきから見えてゐた白い燈台はすぐそこだ。ぼくは船が横を通る間にだまってすっかり見てやらう。絵が上手だといゝんだけれども僕は絵は描けないから覚えて行ってみんな話すのだ。風は寒いけれどもいゝ天気だ。僕は少しも船に酔はない。ほかにも誰(たれ)も酔ったものはない。

※

いるかの群が船の横を通ってゐる。いちばんはじめに見附けたのは僕だ。ちょっと向ふを見たら何か黒いものが波から抜け出て小さな弧を描いてまた波へはひったのでどうしたのかと思って見てゐたらまたすぐ近くにも出た。それからあっちにもこっちにも出た。そこでぼくはみんなに知らせた。何だか手を気を付けの姿勢で水を出たり入ったりしてゐるやうで滑稽(こっけい)だ。

先生も何だかわからなかったやうだったが漁師の頭らしい洋服を着た肥(ふと)った人があゝいるかですと云った。あんまりみんな甲板のこっち側ばかり来たものだから少し船が傾いた。

風が出て来た。

何だか波が高くなって来た。

東も西も海だ。向ふにもう北海道が見える。何だか工合(ぐあひ)がわるくなって来た。

※

いま汽車は函館(はこだて)を発(た)って小樽(おたる)へ向って走ってゐる。窓の外はまっくらだ。もう十一時だ。函館の公園はたったいま見て来たばかりだけれどもまるで夢のやうだ。巨(おほ)きな桜へみんな百ぐらゐづつの電燈がついてゐた。それに赤や青の灯や池にはかきつばたの形した電燈の仕掛けものそれに港の船の灯や電車の火花じつにうつくしかった。けれどもぼくは昨夜からよく寝ないのでつかれた。書かないで置いたってあんなにうつくしい景色は忘れない。それからひるは過燐酸(くわりんさん)の工場と五稜郭(ごりょうくわく)、過燐酸石灰、硫酸もつくる。

五月二十日

※

いま窓の右手にえぞ富士が見える。火山だ。頭が平たい。焼いた枕木でこさへた小さな家がある。熊笹が茂ってゐる。植民地だ。

※

いま小樽の公園に居る。高等商業の標本室も見てきた。馬鈴薯からできるもの百五六十種の標本が面白かった。

この公園も丘になってゐる。白樺がたくさんある。まっ青な小樽湾が一目だ。軍艦が入ってゐるので海軍には旗も立ってゐる。時間があれば見せるのだがと武田先生が云った。ベンチへ座ってやすんでゐると赤い蟹をゆでたのを売りに来る。何だか怖いやうだ。よくあんなの食べるものだ。

一千九百二十五年十月十六日

一時間目の修身の講義が済んでもまだ時間が余ってゐたら校長が何でも質問していゝと云った。けれども誰も黙ってゐて下を向いてゐるばかりだった。ききたいことは僕だってみんなだって沢山あるのだ。けれどもぼくらがほんたうにききたいことをきくと先生はきっと顔ををかしくするからだめなのだ。

なぜ修身がほんたうにわれわれのしなければならないと信ずることを教へるものなら、どんな質問でも出さしてはっきりそれをほんたうかうそか示さないのだらう。

一千九百二十五年十月二十五日

今日は土性調査の実習だった。僕は第二班の班長で図板をもった。あとは五人でハムマアだの検土杖だの試験紙だの塩化加里の瓶だの持って学校を出るときの愉快さは何とも云はれなかった。谷先生もほんたうに愉快さうだった。六班がみんな思ひ思ひの計画で別々のコースをとって調査にかかった。僕は郡で調べたのをちゃんと写して予察図にして持ってゐたからほかの班のやうにまごつかなかった。けれどもなかなかわからない。郡のも十万分一だしほんの大体しか調ばってゐない。猿ヶ石川の南の平地は十時半ころまでにできた。それからは洪積層が旧天王の安山集塊岩の丘つゞきのにも被(かぶ)さってゐるかがいちばんの疑問だったけれどもぼくたちは集塊岩のいくつもの露頭を丘の頂部近くで見附けた。結局洪積紀は地形図の百四十米(メートル)の線以下といふ大体の見当も附けてあとは先生が云ったやうに木の育ち工合(ぐあひ)や何かを参照して決めた。ぼくは土性の調査よりも地質の方が面白い。土性の方ならたゞ土をしらべてその場所を地図の上にその色で取って行くだけなのだが地質の方は考へなければいけないしその考がなかなかうまくあたるのだから。

ぼくらは松林の中だの萱(かや)の中で何べんもほかの班に出会った。みんなぼくらの地図をのぞきたがった。

萱の中からは何べんも雉子(きじ)も飛んだ。

耕地整理になってゐるところがやっぱり旱害(かんがい)で稲は殆(ほと)んど仕付からなかったらしく赤いみじかい雑草が生えておまけに一ぱいにひゞわれてゐた。

やっと仕付かった所も少しも分蘖(ぶんけつ)せず赤くなって実のはひらない稲がそのまゝ刈りとられずに立ってゐた。耕地整理の先に立った人はみんなの為にしたのださうだけれどもほんたうにひどいだらう。ぼくらはそこの土性もすっかりしらべた。水さへ来るならきっと将来は反当(たんあたり)三石まではとれるやうにできると思ふ。

午后一時に約束の通り各班が猿ヶ石川の岸にあるきれいな安山集塊岩の露出のところに集った。どこからか小梨を貰ったと云って先生はみんなに分けた。ぼくたちはそこで地図を塗りなほしたりした。先生はその場所では誰のもいゝとも悪いとも云はなかった。しばらくやすんでから、こんどはみんなで先生について川の北の花崗岩だの三紀の泥岩だのまではひった込んだ地質や土性のところを教はってあるいた。図は次の月曜までに清書して出すことにした。

ぼくはあの図を出して先生に直してもらったら次の日曜に高橋君を頼んで僕のうちの近所のをすっかりこしらへてしまふんだ。僕のうちの近くなら洪積と沖積があるきりだしずっと簡単だ。それでも肥料の入れやうやなんかまるでちがふんだから。いまならみんなはまるで反対にやってるんでないかと思ふ。

一九二五、十一月十日。

今日実習が済んでから農舎の前に立ってグラヂオラスの球根の早してあるのを見てゐたら武田先生も鶏小屋の消毒だか済んで硫黄華をずぼんへいっぱいつけて来られた。そしてやっぱり球根を見てゐられたがそこから大きなのを三つばかり取って僕に呉れた。僕がもぢもぢしてゐるとこれは新らしい高価い種類だよ。君にだけやるから来春植ゑて見たまへと云った。すると農場の方から花の係りの内藤先生が来たら武田先生は大へんあわててポケットへしまって置きたまへ、と云った。ぼくは変な気がしたけれども仕方なくポケットへ入れた。すると武田先生は急いで農舎の中へはひって農具だか何だか整理し出した。ぼくはいやで仕方なかったので内藤先生が行ってからそっと球根をむしろの中へ返して、急いで校舎へ入って実習服を着換へてうちに帰った。

一千九百二十六年三月二十〔一字分空白〕日、

塩水撰をやった。うちのが済んでから楢戸のもやった。

本にある通りの比重でやったら亀の尾は半分も残らなかった。去年の旱害はいちばんよかった所でもこんな工合だったのだ。けれども陸羽一三二号の方は三割位しか浮く分がなかった。それでも塩水撰をかけたので恰度六斗あったから本田の一町一反分には充分だらう。とにかく僕は今日半日で大丈夫五十円の仕事はした訳だ。なぜならいままでは塩水撰をしないでやっと反当二石そこそこしかとってゐなかったのを今度はあちこちの農事試験場の発表のやうに一割の二斗づつの増収としても一町一反では二石二斗になるのだ。みんなにもほんたうにいゝといふことが判るやうになったら、ぼくは同じ塩水で長根ぜんたいのをやるやうにしよう。一軒のうちで三十円づつ得してもこの部落全体では四百五十円になる。それが五六人たゞ半日の仕事なのだ。塩水撰をする間は父はそこらの冬の間のごみを集めて焼いた。籾(もみ)ができると父は細長くきれいに藁(わら)を通して編んだ俵につめて中へつめた。あれは合理的だと思ふ。湧水(わきみず)がないので、あのつゝみへ漬(つ)けた。氷がまだどての陰には浮いてゐるからちゃうど摂氏零度ぐらゐだらう。十二月にどてのひゞを埋めてから水は六分目までたまってゐた。今年こそきっといゝのだ。あんなひどい旱魃(かんばつ)が二年続いたことさへ、いままでの気象の統計にはなかったといふくらゐだもの、どんな偶然が集ったって今年まで続くなんてことはない筈(はず)だ。気候さへあたり前だったら今年は僕はきっといままでの旱魃の損害を恢復(くわいふく)して見せる。そして来年からはもううちの経済も楽にするし長根ぜんたいまできっと生々した愉快なものにして見せる。

一千九百二十六年六月十四日　今日はやっと正午から七時まで番水があたったので樋番(とひばん)をした。何せ去年からの巨(おほ)きなひゞもあると見えて水はなかなかたまらなかった。くろへ腰掛けてこぼこぼはって行く温い水へ足を入れてゐてついとろっとしたらなんだかぼくが稲になったやうな気がした。そしてぼくが桃いろをした熱病にかゝってゐてそこへいま水が来たのでぼくは足から水を吸ひあげてゐるのだった。どきっとして眼をさました。水がこぼこぼ裂目のところで泡を吹きながらインクのやうにゆっくりゆっくりひろがって行ったのだ。

水が来なくなって下田の代掻ができなくなってから今日で恰度十二日雨が降らない。いったいそらがどう変ったのだらう。あんな旱魃の二年続いた記録が無いと測候所が云ったのにこれで三年続くわけでないか。大堰の水もまるで四寸ぐらゐしかない。

夕方になってやっといままでの分へ一わたり水がかかった。

三時ごろ水がさっぱり来なくなったからどうしたのかと思って大堰の下の岐れまで行ってみたら権十がこっちをとめてじぶんの方へ向けてゐた。ぼくはまるで権十が甘藍の夜盗虫みたいな気がした。顔がむくむく膨れてゐて、おまけにあんな冠らなくてもいゝやうな穴のあいたつばの下った土方しゃっぽをかぶってその上からまた頰かぶりをしてゐるのだ。

手も足も膨れてゐるからぼくはまるで権十が夜盗虫みたいな気がした。何をするんだと云ったら、なんだ、農学校終ったって自分だけいゝことをするなと云ふのだ。

ぼくもむっとした。何だ、農学校なぞ終ってても終らなくてもいまはぼくのとこの番にあたって水を引いてゐるのだ。それを盗んで行くとは何だ。と云ったら、学校へ入ったんでしゃべれるやうになったもんな、と云ふ。ぼくはもう大きな石を叩きつけてやらうとさへ思った。

けれども権十はそのまゝ行ってしまったから、ぼくは水をうちの方へ向け直した。

やっぱり権十はぼくを子供だと思ってぼくだけ居たものだからあんなことをしたのだ。

いまにみろ、ぼくは卑怯なやつらはみんな片っぱしから叩きつけてやるから。

一千九百二十七年八月二十一日

稲がたうとう倒れてしまった。ぼくはもうどうしていゝかわからない。あれぐらゐ昨日までしっかりしてゐたのに、明方の烈しい雷雨からさっきまでにほとんど半分倒れてしまった。喜作のもこっそり行って見たけれどもやっぱり倒れた。いまもまだ降ってゐる。父はわらって大丈夫大丈夫だと云ふけれどもそれはぼくをなだめるためでじつは大へんひどいのだ。母はまるでぼくのことばかり心配してゐる。ぼくはうちの稲が倒れただけなら何でもないのだ。ぼくが肥料を教へた喜作のだってそれだけなら何でもない。それだけならぼくは冬に鉄道へ出ても行商してもきっと取り返しをつける。けれども、あれぐらゐ手入をしてあれぐらゐ肥料を考へてやってそれでこんなになるのならもう村はどこももっとよくなる見込はないのだ。ぼくはどこへも相談に行くとこがない。学校へ行ったってだめだ。……先生はあゝ倒れたのか、苗が弱くはなかったかな、あんまり力を落してはいけないよ、ぐらゐのことを云って笑ふだけのもんだ。日誌、日誌、ぼくはこの書きつける日誌がなかったら今夜どうしてゐるだらう。せきはとめたし落し口は切ったし田のなかへはまだ入られないしどうすることもできずだまってあのぼしょぼしょしたりまたおどすやうに強くなったりする雨の音を聞いてゐなければならないのだ。いったいこの雨があしたのうちに晴れるだなんてことがあるだらうか。

あゝ、どうでもいゝ、なるやうになるんだ。あした雨が晴れるか晴れないかよりも、今夜ぼくが……を一足つくれることの方がよっぽどたしかなんだから。

第十三章　非行問題・学力試験

今も昔も同じなのだ。学校の生徒たちというのは、「してはいけない」と言われると、そのことをかえってやりたくなる。賢治の時代の農学校にも、そんなことがいくつもあった。

長坂俊雄がこんな述懐をする。

たばこはずいぶんやったものですよ。たばこのことは賄とわたしたちは呼んでいたのですよ。で、一本のたばこを三、四人で分け合って喫(の)んだり、いろいろしました。喫むとしかし臭うでしょう。それで、休み時間に喫んで、授業になる前に、皆、ジンタンを飲むんです。それで臭いを消そうと思って。ところが、先生たちは、われわれの机の間を回って歩きますからね、その臭いが変だと気づくのです。

肩たたかれて注意されたり、叱られたりしましたよ。

賢治先生は、中でもそのことに関しては厳しかったと思いますよ。

一時間不動の姿勢で立って、ニコチン方程式の講義を受けさせられるのです。たばこのニコチンの害によって、健康なねずみがどうなって死んでしまうとか、蛇さえやられてしまうとか、そういう講義なのですね。

それから、椅子を壊してストーブで燃してしまったり、ナイフで机を彫ったり、小使いさんが鳴らす鐘を、鳴らしてしまったり、いろんな悪さをやりましたよ。

ストーブの煙突が、教壇の上を通って、外に出るようになっていたのですよ。その煙突の上に、雪玉をのせておくのです。そうすると、授業がはじまるころになって、先生の頭の上に水がぽたぽた落ちてくる。

ストーブの中に松の葉を入れておいて、教室中いぶしたこともありますよ。

いつかは、そう、期末試験のときに、先生が一週間寄宿舎に泊まるのです。で、その床をのべるのは寄宿の生徒たちなんです。

ところがそれで、ノミをとって集めて、マッチ箱に二〇匹も入れて、それを先生の床に放してやりました。

そしたら賢治先生は朝起きて、ゆうべは何であんなにノミが多かったかなあなんて、ため息ついて言っていました。

賢治先生は、穏やかな人だけれど、どこか鋭い威厳があって、悪ふざけを仕掛けるのはむずかしかったですね。

根子吉盛は、ある日、生徒たち二人がノートもとらず頭を突つき合ってふざけているのを見つけたときの賢治のことを、鮮明に覚えている。

「賢治先生は、黙ってじっとそれを見ていたのですよ。それから、自分が持っていたチョークを、いきなりガリガリと噛みはじめました。みんな、しいんとしてしまいました」

根子は言う。

「賢治先生にはそれが、自分のふがいなさに感じられたのですね……それに比べて今の他の学校の先生たちは、生徒ばかり責めて、自殺させてしまったりする」

「……」

「教育というのは、ほんとうは、教師と生徒が一体化体験をすることなのに……わたしたちの学校では、そのうちいつか、賢治先生のときだけは、ふざけ方も変わっていったのですよ」

根子は言う。

東京杉並に住むAさんの長女恵子（仮名）は、小学生のころからずっとクラスで三、四番のいい成績をとっている子供だった。

塾へも行かず、よく遊びながらその成績を維持しているのだから、ほんとに実力があるということなのだろう。

性格はややむらがあるけれど、協調性は強く、正義感も強い。

その彼女が、中学二年の夏休みが終ったころから、勉強部屋の窓に、ある番長グループのステッカーを貼るようになった。

父親はびっくりして私にそれを話した。

「他のことでは何か変わりましたか？」

私は言った。

「それはないですね」

「イカレた友だちを家に連れてきますか？」

「連れてきません。電話はするようですが、何か自分で決めたけじめのようなものはあるようです」

「それなら大丈夫でしょう。知らん顔していた方がいい。彼女は、あんがい今、自分では充実しているのだと思いますよ」

私は言った。

そのうちさらにいろんなことが分かってきた。恵子がつき合っているのは、男の子一人と女の子一人。男の子はその中学の番長で、女の子は同じ中三の彼の情婦だというのだ。

他にその仲間の少年少女十数人がいるのだけれど、恵子は、それらがみんな集まって、わいわい大勢でいるときにはつき合わない。ただ番長カップルの二人とだけのつき合いなのだ。

いずれにしても、その仲間たちも番長カップルも、学校や近所では鼻つまみ者だった。学校のガラスは割るし、万引、下級生脅し。

そうこうしているうちに冬になった。

恵子は家族とスキーに行って、片脚切断をしなければならないほどの大けがをした。手術の日、病院のベッドでうつ伏せになって泣いている彼女を見舞ったのは、学校からは、何とその番長の男の子一人だった。

この受験戦争の荒野では、ひとりひとりの子供たちにとって、ライバルは「できれば死んでほしい」存在なのだ。それなのに。

見舞にきた番長は、水飲みの水を換えてやるようなことさえ思いつけず、ただおろおろと病室の隅にうずくまっていた。

三ヵ月の入院の後、彼女が自宅へ戻っても、やっぱり番長は見舞にきつづけた。そうして持ってきた見舞い品（？）が奇妙なのだ。汚い野良猫一匹なのだ。それを拾ったけれど、家では猫嫌いで飼わせてもらえないので、お前が飼えというのである。

恵子は、その猫を育てはじめた。

しかしやがてそれにも近所から苦情がくるようになった。やれ衛生上悪いとか、いたずらをするとかいう苦情の電話がつづいた後、糞をまとめて庭に棄てられたりした。もちろん猫の糞というのは土中にされて土をかけられるものだ。持ってきて棄てられたのは、ぜんぜん土なんかついてないどこかの犬の糞なのだ。

地球の心の衛生という点から言ったら、そんなことをする輩の方が、よっぽど駆除されるべき対象なのだが、この世はどうもそうはならないようだ。

それぞれに先祖の積念の望みをやっと果たして、自慢のステータスをふりかざし合っている教育ママ族の住む街の、それが裏の顔なのである。

あげくにとうとう猫は死体にされて、庭に放り投げられていた。

番長が号泣したのはそのときだった。

政治の世界から子供らのいる学校まで、薄汚いことばかりはびこっている世の中だ。きちんと定められている法律が、詭弁解釈されて、軒並み正反対に歪められるのを、子供たちは目撃している。

物の値段だって何だって、途中で不当なマージンを盗る者だけが得をする世の中だ。顔パス、裏口、ワイロが横行し、正直は「トンマ」の代名詞になってしまった。

推薦入学や校則違反に絡んだ教師によるえこひいき、教師たちの言行不一致。子供らの目から見る世相は、膿みただれている。

反抗心を刺激されない生徒の方が、むしろ異常なのだと私は思っている。

どの時代にもあった一種健全な反抗が、この時代にもあってしかるべきだと私は思っている。

が、私たちの文化を汚染しつづけるあるどうしようもないお化けが、それさえ汚染しようとしているのである。

かつてない型の陰湿な少年犯罪事件や、凶悪で全治不能の少年犯罪者が頻出して、佳き不良たちを犯している。

非行の横行を見て、いきなり「良俗が犯される」というふうに語るのは、正しくないと私は思っている。

佳きピカルーン（悪漢）たちにとって、居心地悪くなるような場の設定こそが、問題の元凶なのだと私は思っている。

むろん、教師時代の賢治の言行から直接導き出して私はこのことを言っているのではない。が、もし賢治が生きてこの荒廃の時代に遭遇していたら、こう言うのではないかというエキスを、私はそこから汲むのである。

ある年の二年生に盗みの非行をくり返して問題になっている生徒がいた。学校の職員会議は、ついにその生徒を退学処分にすることを決めた。が、賢治は連日警察に通い、その生徒を不起訴にしてもらい、校長以下職員たちも説得して、退学処分を解かせている。

そうやって救い出した生徒を、自分の盛岡高等農林時代の先輩で樺太豊原にいる人を訪ねて、就職させるところまで面倒をみている。

誰か生徒と向き合うとき、それが勉強の場であっても、こうした人生の歩み方の場であるときにも、常に賢治は、今目の前にいる生徒を、今目の前に見える姿ではなく、相手がかくあるはずだという理想の形に置き変えて話していた。

それが賢治の人間教育の基本であった。

生徒の行動の中に、佳きピカルーンも見ようとした賢治は、自らもまたときに佳きピカルーンを志した。

前述した温泉はしごなどはそのいい例だし、また賢治は、校庭から職員室に入るのに、近道をして窓をまたいで入ってしまったり、校長の後をつけて、校長の歩く癖をそっくり真似てわざと歩いたりという悪戯を、生徒の前でやってみせている。

みせているというより、それが自然な賢治の茶目ッ気の発露だったのだ。

宿直当番の夜の賢治は、しばしば生徒たちを前にして怪談を一席やり、その後でときには、学校から一〇〇〇メートルも離れた暗い林の中にある火葬場の建物の壁に自分のサインをしてくるという過激な胆だめし大会を催すこともあった。

養蚕室の二階の窓から生徒たちを下に飛び下りさせる胆だめしのことも、多くの教え子たちが証言している。

非行エネルギーの昇華ということと表裏一体といえる学力テスト（生徒の選別という意味での）の方法についても、賢治は正しい教訓を残している。

『わたしの試験では、最重要なところさえちゃんと分かっていれば、他はどうでも落第させませんから、がんばってください』と言われましたね」

と言うのは晴山亮一である。

「それで、わたしは一度白紙で出したことがありましたが、化学のテストのときでしたが、ちょこっと脇へ呼ばれて分子式のことなど訊かれて答えたら、四〇点をくれました。賢治先生という方はそういう先生だったのです」

長坂俊雄はさらにこのようにも言う。

「賢治先生は、勉強しろというふうには、ふだんはあまり言われませんでしたよ。『平均点七五点以上の人は勉強しなくていいよ。それ以下の人は、七五点になるようにがんばらなくてはだめですよ』と、そういう言われ方をしたのです」

教科書の何ページと何ページのどこどこは重要だから覚えておくようにと、テストが近づくとよく賢治は言った。でも、うかつな生徒がそこを丸暗記していると、出された問題が全く出来ない。なぜならそれは、地域に密着した見事な応用問題に変えられていたからだということは、すでに肥料学の項でも書いておいた。

頭で覚えず、いつでも身体で覚えなさい。すると知識に感動出来るのですよ。詰めこみでは何も理解出来ない。ただ感動せよ、と言われましたね。たとえば阿部、堀籠先生たちは、授業の初め三〇分をかけて、黒板にびっしり字を書いて、それをノートに写させるのです。そうして、後半は、それをちょっと詳しくして読んで、終りなのですよ。

六〇年もたつと、そういう授業は、全部忘れてしまいます。勉強するときだけやけに忙しくて、でも、卒業するとすっかり忘れて、何の仕事の役にも立たない脱け殻学問だったのですね。

（瀬川哲男）

同じ事柄を、晴山亮一は、ちょっとまたちがう表現で私に話してくれた。

「賢治先生は、いっぱい生徒たちがいる中で、一人としてないがしろにしませんでした。いつも、眼(まなこ)鋭く見抜かれているような気がしていました。一人一人個別に向けてというのではないが、それに真正面からというのでもないが、誰もが、見抜かれているという感じを持たせられたものでした」

前述の樺太の製紙会社へ就職させてもらった生徒、盛岡高等農林への就職を世話してもらった根子吉盛など、卒業後の生徒たちへの賢治の心配りもまたなみなみならないものがあった。

それだから、生徒たちの信頼も強かったのだろう。根子吉盛は、あまり書かれていないこんなストライキ事件のこともはっきりと記憶している。

「いつだったか、校長が生徒を殴った事件があったのですよ。その生徒は、何か意気がってもいたのでしょう。廊下をがんがん音たてて歩いていたのですね。それで、校長が飛び出してきて、廊下にいたわれわれを詰問したのです。『根子、お前だな』って言われました。それで、あわてて否定しましたよ。Sという奴だったんです。で、Sが殴られました」

「……」

「ところが、その殴り方が感情的で一方的だということで、生徒たちが怒り出したんです。全校ストライキだってことになってしまったんです。で、それを、寄宿舎の生徒の一人が宮沢先生に知らせに走ったんですよ」

「……」

「先生は、生徒たちのところへきて、事情を聞いて、必ず校長先生に謝らせるから、そんなことはすぐに止めろと言いました」

「……」

「そうしておいて、畠山校長のところへ行ったのですね。『きのうあなたはSを殴ったそうですが、それを快しとしていらっしゃいますか？』『いや、思っていないが、自分の短気さもあって叩いてしまった』『では、Sに謝っていただけますか。さもないとストライキなどという嫌なことになってしまうかもしれません』そんなやりとりがあったと後で先生から聞かされました。スト騒ぎは、それで消えました」

その後にも、すでに賢治が学校を辞めた後、中野新校長による古い授業のしきたり復活が気に入らなくて、生徒たちがストライキを起こそうとしたことがあった。

このときは、根子吉盛が賢治に自宅に呼ばれた。

「やめさせてけろ」

賢治は言い、賢治先生の言葉だということでやっと収まったのだと根子は言う。

啄木に比べて、賢治はこうした場面においては日和見的だったという意見を言う人たちがいる。

が、私はそれは日和見なのではなくて、賢治は低次元ないさかいに対しては身を乗り出さない腰の重さがあったのだというふうに解釈している。

それと言い知れない諦念とを私は感じてしまう。

雨ニモ負ケズ
風ニモ負ケズ

というあの有名な手帳の中の詩句も、私はほんとうは、彼が生き方の理想の姿を未来に置いて書いているのではなくて、遠き過去へ安置してきた哀しみの言葉なのだと考えている。

が、そのことは別に書く機会を持たなければならない文学の次元のテーマである。

単に日和見とか温厚な性格とかいうようなことではなく、深い哀しみの眼差しを投げながら、賢治はそのことにも対したのだと思う。

第十四章　退職そして羅須地人協会へ

このように生徒たちに深い感動を与えた教師宮沢賢治は、同時にこの時期のことを「生徒諸君に寄せる」という詩の下書稿の中でこう書き遺している。

生徒諸君に寄せる

この四ヶ年が
　わたくしにどんなに楽しかったか
わたくしは毎日を
　鳥のやうに教室でうたってくらした

誓って云ふが
　わたくしはこの仕事で
　疲れをおぼえたことはない

（彼等はみんなわれらを去った。
彼等にはよい遺伝と育ち
あらゆる設備と休養と
茲には汗と吹雪のひまの
歪んだ時間と粗野な手引があるだけだ
彼等は百の速力をもち
われらは十の力を有たぬ
何がわれらをこの暗みから救ふのか
あらゆる労れと悩みを燃やせ
すべてのねがひの形を変へよ）

新らしい風のやうに爽やかな星雲のやうに
透明に愉快な明日は来る
諸君よ紺いろした北上山地のある稜は
速かにその形を変じよう
野原の草は俄かに丈を倍加しよう
あらたな樹木や花の群落が

、
、
、
、
、

諸君よ　紺いろの地平線が膨らみ高まるときに
諸君はその中に没することを欲するか

じつに諸君はその地平線に於る
あらゆる形の山岳でなければならぬ

サキノハカといふ黒い花といっしょに
革命がやがてやってくる
それは一つの送られた光線であり
決せられた南の風である、
諸君はこの時代に強ひられ率ゐられて
奴隷のやうに忍従することを欲するか
むしろ諸君よ　更にあらたな正しい時代をつくれ
宙宇は絶えずわれらに依って変化する
潮汐や風、
あらゆる自然の力を用ゐ尽すことから一足進んで
諸君は新たな自然を形成するのに努めねばならぬ

新らしい時代のコペルニクスよ
余りに重苦しい重力の法則から
この銀河系統を解き放て

新らしい時代のダーウヰンよ
更に東洋風静観のキャレンヂャーに載って
銀河系空間の外にも至って
更にも透明に深く正しい地史と
増訂された生物学をわれらに示せ

衝動のやうにさへ行はれる
すべての農業労働を
冷く透明な解析によって
その藍いろの影といっしょに
舞踊の範囲に高めよ

素質ある諸君はたゞにこれらを刻み出すべきである
おほよそ統計に従はば
諸君のなかには少くとも百人の天才がなければならぬ

新たな詩人よ
嵐から雲から光から
新たな透明なエネルギーを得て
人と地球にとるべき形を暗示せよ

新たな時代のマルクスよ
これらの盲目な衝動から動く世界を
素晴しく美しい構成に変へよ

諸君はこの颯爽たる

諸君の未来圏から吹いて来る
透明な清潔な風を感じないのか

今日の歴史や地史の資料からのみ論ずるならば
われらの祖先乃至はわれらに至るまで
すべての信仰や徳性はたゞ誤解から生じたとさへ見え
しかも科学はいまだに暗く
われらに自殺と自棄のみをしか保証せぬ、

誰が誰よりどうだとか
誰の仕事がどうしたとか
そんなことを云ってゐるひまがあるのか
さあわれわれは一つになって
〈以下発見されず〉

ここから先を賢治が書きつづけられなかったというところが、いかにも象徴的だと私は思う。

鈴木三重吉の「赤い鳥」他当時（今もだが）のただれた人脈のみで作品が掲載されて、真に新しく壮大なものは無視される（そうすることで連中は保身した）状況に、絶望というよりしらけきっていた。

農学校のまだ若く理解力もあまり深くはない生徒たちに、かくも格調高く幽遠な内容を持つレクイエムをぶつけた賢治の心を思うと、私はいつも涙ぐまずにいられなくなる。

そしてやがて、賢治は、あんなに愛していた農学校教師の仕事を、自ら捨てた。それはあくまでも賢治自身の内奥の問題であり、賢治の短かかった人生の中では、最後の疾走に向けて走り出すための、欠くことの出来ない大事な踏み切りのときでもあった。

忍び寄る病いと、湧き出しすぎる詩の泉。もう賢治には残り時間がなかった。

にもかかわらず、現実的にそれを決断させる引鉄（ひきがね）はむろんあった。

「あるとき賢治先生が、『わたしは来年はここにこないよ』と言ったことがあるのです。それで、三月の初めに、また先生に訊いたのです。するとやっぱりこう言われたのです。『わたしは、この三月きっかりで、きません』って……」

瀬川哲男が証言する。

「それでは、おれも、先生いねとこでやってもつまらないから、家さ帰って稲作やろうと思ったのです」

晴山亮一は、賢治が三月いっぱいでもう学校にこないということを書いた紙を、教室の入口に貼っていたことを覚えている。

「国民高等学校で、主事にやられたのですね。農業指導について、きびしく批判されたのですね……」

賢治が国民高等学校（農民の啓蒙のために県が行なった一種の社会人学級。生徒は自費で寄宿舎に泊まり、講義を受けた。学歴も農学校卒、中学卒、高等小学校卒などさまざまで、年齢もまちまち）の講師となったのは、大正一五年、農学校を辞める年の年初から三月まで実質二ヵ月（第一回一月三〇日。三月二七日修了式）だけであり、この間に起こった出来事は、いわば賢治のしらけへのダメ押し効果を果たしたのだと思う。
遠因はむろんすでにあった。
豪快な自由な気質の畠山校長から、教条的権威主義的な中野校長に変わったことも
その一つであろう。
例の学校劇禁止令というのもその一つだ。
他に「賢治は教壇で生徒らに農学校に入ったからにはいい百姓になれ、と言ってい
ながら、自分にとってはそれが机上論でしかないことへの羞恥心にしめつけられてい
た」という人たちもいる。それも確かにあったかもしれない。羅須地人協会をやがて
作って実践者としての暮らしを試みているのだからそれは言える。
が、しかもあえて私は言うのだが、賢治という天才は、そこで出逢うにちがいない
あの挫折を、決して見抜けないような人間ではなかった。
それならば一連の行為は自爆だったのだろうか。
私にはむしろ、そう思う方がしっくりくる。
辞める前年の一月に書かれた「氷質の冗談」という詩の中に

雪の羅須地人協会（現在は花巻農業高校に移され保存）

羅須地人協会（玄関脇）

職員諸兄　学校がもう砂漠のなかに来てますぞ

という言葉がある。詩の中で使われている意味を超えて、この言葉は意味深く私の耳にひびいてくる。

当時も今もそうなのだが、教育という場において、この国のエスタブリッシュメントが求めるものは、自由な創造や変革を押し進めてゆくような人材を育むことでは決してない。

そこはただ、国体に従順に、既にある秩序を忠実に守りつづけてゆく番頭さんを育てるという場でしかない。

たとえば論文式の試験で人を選ぶとか、口頭試問を重視するとか言ってみたところで、そんなものが主流として浮かび上がってゆく風土は、この国のどんな隅っこにも永久にない。

○×式で、過重な知識チップの暗記を強い、頭を自由な発想に使わせないようにさせることが目的なのだ。

隈なく管理された学校という器の中で、これも隈なく管理された教科書を丸暗記させ、疲労こんぱいさせるというのは、国是なのだ。

賢治の行なった授業が、周囲から十字砲火を浴びざるを得なかったのは、当然なのである。

そこが農学校という教育上の辺地であったということ、しきりに詩を読んできかせたり、温泉はしごをしたりという一種奇人めいたイメージが逆にカムフラージュの役を果たしたこと、それにたまたま畠山校長という豪快な侍とコンビを組めたという好運が、四年という長きにわたって賢治をそこにとどまらせておくことが出来た。

むしろそのように考える方が自然なのかもしれないのだ。

ところで、しらけはそうした外圧ばかりでなく、生徒たちの側からも突きつけられる刃として賢治には感じられただろうと思われる節もある。せっかく精魂注いだ賢治の授業を受けながら、なお花巻農学校がそのころまだ乙種二年制で、就職その他に不利だからという理由で、途中から三年制の甲種に移って行くという、そういう生徒や父兄がいたこともまた事実なのである。

癒し難い病根として、それらのことごとは、賢治の傷つきやすい感性を攻めたてていったのだと思う。

未来圏からの影

吹雪(フキ)はひどいし
けふもすさまじい落磐
……どうしてあんなにひっきりなし
凍った汽笛(フエ)を鳴らすのか……
影や恐ろしいけむりのなかから
蒼ざめてひとがよろよろあらはれる
それは氷の未来圏からなげられた
戦慄すべきおれの影だ

（一九二五・二・一五）

また花巻農学校の教師としてはるかな後輩にあたる佐藤成元教諭が「宮沢賢治・地人への道」の中で紹介している、賢治の教え子平来作の証言は、以下のように言っている。

高野一司先生（国民高等学校の主事として、県からお目付役にきた俗物講師。賢治の自由な教育がことごとく気に入らず邪魔をした）と宮沢先生が学校の門のところで雪投げをしておられました。それは雪投げというよりは激しい合戦のごときもので、お互が夢中になって雪をかけ合うというありさまでした。私は奇異の感に打たれてしばらく遠くから眺めておりました。その合戦がいよいよ激しくなり、ついには組打ちとなって、二人は雪の上をころげまわっておりました。あまりどちらも真剣なので、あるいは喧嘩ではないかと思いましたが、しばらくしてから二人は頭からぼやぼや湯気をあげ、洋服の雪を払いながら顔を見合わせて笑っているのを見て、私も安心しました。長い間の先生の生活に、ああしたことははじめてであります。

その雪の日の組打ちは、私には白き修羅の死闘に思える。

かくて一九二六年三月三一日、賢治は花巻農学校を依願退職した。

退職後の賢治は、郊外の下根子桜にある別宅に移って住み、羅須地人協会を開いた。教育をもっと実践的なものにしようという趣旨ではじめられたこの運動は、主として近くの青年たちへの土壌、肥料学の講義、レコードコンサートなどとして表われた。他には、賢治は出来た時間を荒地の開墾とエスペラントなどの勉強、詩作に当てることとなった。

　農学校につづいてこの羅須地人協会にも通った根子吉盛によれば、賢治は自転車にも乗れないので、作業服にだるま靴といういでたちでどんな遠いところへでも歩いて行き、肥料設計をしたり楽しい話をしては、ふいと風のようにまた帰って行ったという。

　単に理想を追うというのではすまない、ときに自虐的ですらあるこの時期の賢治のことについては、いつかまた稿を新たにして書かなければならない。

　学校という一種の温室を出て、農民たちの生活の真っただ中に入った賢治はそこで、地主階級として貧民たちの血をしぼるようにして築き上げた財によって生きてきた己を直ちに問われるのでもある。


　自活のために、花を作って切り花として売りに行く賢治のことを、根子吉盛はこんなふうに伝えている。

「籠のせたリヤカー引いて『花コいいすか?』と行くのです。すると皆、金持の息子さんがやっていることだからと思って、つい金を払うことを思いつかないのですね。『みつき歩いたけれど、金コ集まらぬ。それで、今度は種にしてみた。そしたら売れた』と、先生は言っていたのです」

　そんなさまざまなエピソード一つをとっても、私には、賢治がそれを笑い話にして言うゆとりがあったとは思えないのである。

　賢治の去った後の学校は、激しい春宵の花嵐でも去った後のように息苦しく物憂く、淀んだ時間の流れしかない場所になってしまった。

　かつて「銀河鉄道の夜」や「永訣の朝」といった名作が、「原体剣舞連」がろうろうと朗読され、豊かなイメージあふれる講義の声があふれ出していた教室からは、ただ単調な教科書の解説をするぼそぼそ声がもれてくるだけだった。

　まるで何事かを忌避するように、賢治はその学校をふたたび訪れることはなかった。新しくはじまった羅須地人協会も、自らの病いのために約二年という短い時間の後に消えて行った。

　去ってしまった春の桜の花びら嵐は、下根子桜の羅須地人協会と名づけられた台地の林の中に、まるでほんとうは人も集わず静かに眠っていたいとばかりに、ひっそりと堆積して、生きながらの花塚のようであったと、私には思えるのである。

第十五章　卒業生そのそれぞれの人生

賢治に学んだ生徒たちが、その後どのような人生を送ったのだろうかという興味は、長い間私の頭の中にあった。それを今回、賢治の教育の問題の重要なつづき部分として、私はインタビューさせてもらうことが出来た。

まず初めに「植物医師」の劇で主役の爾薩待を演じて、賢治に喜劇の天才とほめられた長坂俊雄。

彼は初め花巻の郵便局に勤めた後、植民地助長行政というので当時あちこちで求められていた行政職移住に応じ、台湾に渡った。そこでは、外務省所属の警察官というのになった。

同時にそこには産業系統の人たちも移住して、新しい農業の方法を指導していたのだが、現地の人たちは古いやり方に固執し、なかなかそれを受け入れなかった。

そこで、田んぼのことの分かるおまわりさんが、にこにこ顔で出かけてゆくと、肥料設計のことでも、薬剤散布のことでもすぐに聞いてくれたのですよと言って、長坂は苦笑する。

そこで徴兵され、南方に連れて行かれ、捕虜になった。

「くる日もくる日も、イギリス軍兵士の監視のもとで、トロッコのレール移動の作業をやらされていたのですよ。で、ただ唇を結んでやっていたのではつまらないから、ある日、やぶれかぶれで大声出して歌ったんですよ。作業しながら」

長坂は言う。

角礫行進歌

氷霧はそらに鎖し
落葉松も黒くすがれ
稜礫のあれつちを
壊りてわれらはきたりぬ

かけすのうたも途絶え
腐植質(フームス)はかたく凍ゆ
角礫(かくれき)の稜(かど)ごとに
はがねは火花をあげ来し

　　天のひかりは降りも来ず
　　天のひかりはそゝぎ来ず
　　天のひかりは射しも来ず

タラララ　タラララ
タラララ　タラララ
タララ

「あの歌の原曲は、イギリスのよく知られた歌だったんですね。それに賢治先生が詩を書いていたのですね。だから、それをとつぜん聞いたイギリス軍の将校は、びっくりして喜んでしまったらしいのです。一人がいきなり走ってきて、肩たたいて、『ヤポン、カモン』と言うのです。で、事務所に行くと、椅子に坐れと言って、コーヒーを出してくれたんです」

「……」

「さあそれからは、ピストルの掃除とか、そういう家の中でする仕事をさせてくれて、とんだところで賢治先生に救われましたよと言って、長坂俊雄は笑う。

帰りに大きいパンを五、六個もくれたんですよ」

敗戦になって復員し、盛岡で検察庁に勤め、また花巻に戻り、民間会社に勤めて定年を迎えた。

以来、狼沢の田園地帯の小さな林の中で、庭中を花いっぱいにして悠々自適の暮らしをしている。

いっぱい本のある落ちついた書斎からは庭が見え、家の中の者が笑い声をたてるたびに鳴く青がえるがいる。

「その検察庁のときですよ」

長坂俊雄は言う。

「あるとき盛岡の高校の生徒たち二人が、連合軍から禁止されているビラを配ったということで、留置場にぶちこまれたことがあったんですよ。それで、検事に対し完全に黙否して、蹴とばしてきたり、唾吐きかけたりするんですね。おまけにとうとうハンストをはじめてしまった。それで、『行ってみてくれ』と言われたんです」

「……」

「わたしはそのとき事務官だったのだけれど、行きました。するど、留置場の真中に、差し入れの木の弁当箱が二つ並んでいましたよ。で、『どこの人間だ？』と訊かれたから、『花巻だ』と答えたのです。そうするとすぐ『花巻なら、宮沢賢治を見たことがあるか？』と訊いてくるのです」

「……」

「『見たも見ないも、わたしは賢治先生の教え子なんだ』と言ってやりました。すると、とたんに相手の若者たちは、やわらかになって、打ちとけて、いろんな話を聞いてくれましたよ」

「……」

「『何で食べないのだ？』と訊きましたよ。『きみらは今、そうして留置場なんかに入っているけれど、きみらから見たら、悪いことをしているなんて思っていないのだろう』と言ってやりました。『だったら、そのことを知らせるには、きみら自身の身体を丈夫にしておいて、後でしっかり告げる方が正しいのではないか』と言ってやりました」

「……」

「『もしも、わたしがきみらだったらそうするよ。やい、もっとうまいもの持ってきて食わせろと言ってやるよ。さあ、食って、正しいと思うことを堂々と主張しろ』と言ってやりましたよ。そうして、巡査に、ばんばん湯気の立つそばかうどんを上げてくれと言って、とってやると、食ってやんしたよ。小さな窓から覗いてみると、食ってやんしたよ」

その長坂俊雄、今はNTTの電話サービスで、花巻地方の昔話を吹き込んで流す仕事をやっている。

花巻22――2525

ダイヤルを回すと、長坂の元気な声で昔話の朗読が聞こえてくるはずである。

他に、日に五首（句）ずつ短歌か俳句を作る。

　葉脈の走るが如き残雪を
　　纏いて聳ゆ早池峰山

早池峰火を噴く山にあらざれば
　　山頂永久（とは）に険しかるらん

近詠二首。豪快な言い切りがふしぎなダイナミズムを生むこの作風は、あの花巻農学校時代、農業実習の後、きまって賢治に書かされた日誌（たくさんのインサート短歌や俳句が生徒たちで当時作られた）で培った実力である。

「すてきな継承ですね」

と私は言った。

するとと彼は言下にこう答えた。

「なに、せめて、二十歳ぐらいになったときに、賢治先生と出会っていたら、もっともっと素晴しかったろうにと思いますよ。あのころはまだ若くて、いたずらすることばかり考えて、ずいぶん時間を損しましたよ……」

　至言なり。

瀬川哲男は、賢治の肥料設計についてこんな証言をしている。生涯におそらく数千枚という肥料設計を見知らぬ農家の人たちにしてあげていた賢治が、瀬川たち農学校の卒業生にはしてくれなかった。

「きみたちには、肥料設計の仕方を、きちんと教えてあるのだから、きみたち自身でやりなさい」

というのだ。

前の年、同じ田でどれだけの収穫があったのか、その土地の地質はどうか、今年の気候はどうなりそうか、それをしっかりと読んで作物と綱引きするようにして追肥を施してゆくコツを、瀬川は、三年自分でやって、やっとつかんだ。

一〇年前、脳の血管が破れて倒れて以来、農業は長男健治にまかせるようになった。すっかり身体が回復して、畑へ出られるようになってからも、やり方は息子の思いのままにさせるようにしている。

「わたしのやり方は、賢治先生に教えられたそのままですが、そこへ、新しい肥料や機械が加わってきて、様子の変ってきている部分があります。だからまかせるのです。でも、賢治先生の話は、家の中でしょっちゅうしていますから、自然に息子や孫の心の中に生きていると思いますよ」

瀬川哲男は言う。

六年前、昭和五七年の不作の年に、その一家のチームワークが大ヒットを飛ばした。

その年をはさんで前後四年間、東北地方は冷害のため全域にわたって不作だった。

新しい農法でずっと長男がやっていた瀬川家の田も同じだった。

そこでその二年目、瀬川哲男は、家族を集めて、これではいけない、このままでは今年もまた冷害が予想される——と、賢治の教えをダイレクトに実行して闘ってみようと言ったのだ。

賢治は、

「東北地方の稲作は冷害を度外視しては絶対に間違う」

と常に言っていた。

肥料設計は、一〇アール当たり、N＝七・五キロ、K＝七・五キロを目安にするが、寒いときは特にN（窒素）をひかえるようにと賢治は教えていた。

田ごとに終日稲と向き合って話し、一枚ごとに皆違う肥料設計をして育てた結果、瀬川家の米の出荷量は、ひどい冷害の中なのにもかかわらず予約限度量の七〇パーセントに達した。

それは地域の他の農業の平均が五六パーセントにしかならなかったのに比べるとほとんど驚異的な数字だった。

米の品質の方も、一等が四〇パーセント。地域の他の農家のは、わずか〇・七パーセントにしかすぎなかった。

五十余年前、あの教室で習った賢治農法が、肝腎のときに生き返ったのだ。地にしっかりと足つけた地人の農法が、やっぱり現代薬づけ農法に勝ったのだ。

平時に多収穫を求めようとする農法は、賢治のやり方の中では従だった。有時に負けない知恵こそが、賢治式農法の真髄なのだ。瀬川家ではこれからもまたその知恵を両輪の一つとして堂々とやってゆくことだろう。

所有している耕地は五町二反だが、一町二反は減反させられている。日本の農業に厳しくやり切れないような情況が起こりはじめている。

冷害、旱害といった自然の猛威の他に、知恵浅き政庁による人害という度し難いものが押しかぶさってくる時代になってしまった。

賢治なら、どうするのだろう。

やっぱり

「自分で考えなさい。考え方は教えてある」

と言うのだろうか。

今、瀬川哲男は、黙々と田の畦に立ち、自分の稲を見つめている。

かすかな希望がないわけではない。

息子は、賢治のたくましい農法にさらに新しい体験という武装をして、堂々と働いている。孫の範明は、岩手県内最高の点数を上げて花巻農学校に入学し、卒業し、岩手大学農学部に進み、県内の農業高校の先生になった。他の孫たちもたくましく育っている。自分が考えきれない分は、彼らがきっと考えてくれるのだと瀬川哲男は信じている。

「だって、わたしも、あの子供らに、そう考えるように、賢治先生の考え方を、残してやっているのだから」

と彼は言う。

第十六章　花巻農業高等学校の現在

賢治退職の日から六三年がたった今日も、花巻平野では、うらうらと温かい陽が緑葉をそよがせている。

農学校は賢治のころにあった場所から郊外の葛に移り、空港に近づく機上から見ると、かまぼこ型の体育館屋根に大きく誇らしく書かれた「イーハトーブ」の文字がまぶしい。

校舎も、敷地も、実習農場もけた外れに広くなった。

教師の数も、生徒たちの数も、これもまたけた外れに多くなった。

昔、隣接していた女学校の生徒たちから、「桑ッコ大学、桑ッコ大学」とからかわれた学校も、今や、県内はもとより、日本中どこへ行っても、

「あっ、あの宮沢賢治の花巻農学校ですか」

と言われる全国有数の高等学校に成長している。

訪れるたびに私は何だかそこが、かつて自分の通った高校ででもあるような、懐しい気持をかきたてられる。

その敷地の中に、下根子桜から移された羅須地人協会の建物があることが、そんな思いをさらに保証してくれているような気がするのだ。

ほんとうにもしたとえばこの学校にメーヨ卒業生なんていうものがあったなら、並んで番をとって、腕にぺったりその印しを捺してもらいたいような浮き浮きとした気持になるのだ。

さてその農学校の小田久雄校長（当時）は、二〇年前にも同じこの農業高校に奉職したことのある里帰り校長である。

風とゆききし
雲からエネルギーをとれ
われらに要るものは
銀河を包む透明な意志

賢治のあの「農民芸術概論」中の言葉が、最もふさわしい場所として誇らかに掲げられている学校の静かな校長室で小田校長は言った。

「わたしが教職をつづけてきた二〇年間というのは、日本の教育史の中でも、最も変化の大きかった時期だったのです。ですから、二〇年ぶりにこの高等学校へ戻ってくるとき、やっぱり大きく変わっているだろうなと思ったのです」

「……」

「ところが、一歩学校の中に入ってみて、驚いたのですね。表面的にはもちろん大きく変わっています。でも、それが違和感として感じられないのですよ。風のように漂う心というのでしょうか、そういうものがありありとあるのですよ。学校の中に」

賢治の後輩として盛岡中学から盛岡農林専門学校（岩手大）を出、花巻農学校に奉職したとき、学校の校舎はまだ旧位置にあり、賢治がいたころと同じ木造校舎だった。

そのふくいくと感じられる時間の匂い、それがここの新校舎にきても同じだと、小田校長は言っているのである。

初めに私は、今日本中の小、中、高等学校で一番の問題になっている校則のことを話してみた。

「うちの学校では、校則をしゃくしじょうぎに当てはめない、ということを誇りにしているのです」

小田校長は言った。

「生徒らの今が、いいか悪いかという判断をするのではなくて、将来のためにこうなければならない、という視座をもう一つ外に置いて、校則を見つめているのです」

まさしく賢治の心である。

具体的には今この農業高校には四大目標というものがある。
○みんなでネームプレートをつけよう
（校内で自分の責任を明らかにするため。小田校長はじめ教職員もつけている）
○制服制帽をつけよう
（誇りを大事にするため）
○朝と帰りの挨拶、通りすがりの会釈
○体育館で上ばきをはくこと
いかにも素朴でほほえましくなるような目標に、思わず私は微笑してしまった。

「ああ、これなら、私も守れそうですね……」

県立花巻農業高等学校（正門）

敷地内に移された羅須地人協会と生徒

私が言うと、小田校長も微笑した。

「それが、ときどき、守れない生徒たちがいるのですよ」

「守らん生徒にはどうしますか？」

「そういうときは、教師が、生徒にこう言います。『賢治先生は、そういうことをきみに教えてくれたのか。今から行って、聞いてこい』……」

「……」

「生徒は、賢治先生の碑のところまですっとんで行きます。『どうだった』『はい。花農生として、そんなことをしてはいけないと言われました』っていう感じですよ」

「……」

「それから必ず、紙とエンピツを渡されて、生徒は反省文を書かされるのですよ」

おかげで花農の生徒は、とても作文の力がついたのですよと言って、校長は笑った。

詩の朗読や劇、作文については、うちの生徒たちは独特の感性をやはり持っているように思えますよという小田校長の言葉は間違っていない。お手並拝見とめくってみた文芸部の雑誌「羅須文芸」はかなりのものだ。

その中から一編詩を紹介しておこう。

風雪に負けず

高橋　条子

風雪に声をかけられた
「おいでおいでお前は一人だね寂しいだろう友達になろうか」と手を差し出して
きた
そうだ私は一人なのだ
肉親人の反抗
意見取り入れ不可能の時は
理で勝ち
明るい部屋は陰気に……と
自分の思いのままにさせようとした
悪心は喜び
次へ次へと進行させる
良心はそのたびに反省を促す

一つの肉体は二つに分別し
外見は暖かく見えても
心は冷たい戦い
そんな争いを見ぬいて
風雪は背で冷笑している
「私の行く方は天国だ」とも言ってる
しかし私はふり向かない
花咲き乱れ
悪人のいない
夢のような天国でも
そこまでの道のけわしさは知っている
何事でも
楽あれば苦ありではないか
良心が後押しをしてくれるから
手さぐりで真暗な道を進もうとする
悪心は前をふさごうとする

しかしそこを突き破って
窓から一線の光が流れ込むまで
風雪にどんなに冷笑されても
ふりむくまい
一人であるからこそ頑張るのだ

又冷たい手で顔を囲いながら
誘いの声を耳に凍らせる
しかし私は耳をふさぎながら歩みつづける

表現は荒削りだが、またそのようでなければこの作が成り立たないのだというきわどい渕を飛び越えている。並の十代の子供たちでは掘ることを思わぬ深さまで、物事を見る眼差しが突き刺しているのは、「羅須文芸」の特徴である。彼女ら彼ら一人びとりがまさに賢治の作品の中のあの虔十（けんじゅう）が植えた杉の木であるからなのかもしれない。

農業の方の自由研究発表の成果も目覚ましく、数々の県大会、全国大会で最優秀の成績を得ている。

たとえば第38回農業クラブ全国大会では、「ウィルスフリーいちご苗の作出と増殖」というタイトルのプロジェクト・チームの発表が全国一位になっている。

簡単に言うと、減反で大変な農家が、野菜やいちご栽培などに転じようとしている情況がまずある。ところがそのいちごが、ウィルス病にかかって縮んでものにならなくなってしまう例が多い。そこで三年生五人のプロジェクト・チームが、二年間にわたり病気に強い苗を作り出すために奮闘したのである。

中身は高度なハイテク技術なのだが、発表文を読んでみると実に分かりやすい。苗の増殖にロックウールを用いるという発想も、そうやって得た成果をすでに農家に配るということで役立てていることも、まさに賢治的だと私は嬉しくなった。

生徒会の中に鹿踊り部というのがあるのも、何とも私を嬉しくさせる。まさに賢治の花農ならではのクラブである。

「生徒たちの心の中にある自信は、あこがれてここに入ってくる前よりも、入った後になってさらに高まるようです」

小田校長はさらに言った。

「だって、毎日ほんとにたくさんの人が、全国から賢治先生をしたってやってきて、校内にある羅須地人協会の建物を見たりしてゆくでしょう。それだけでも、じわっと誇りが育ってゆくのですね」

それと、この学校は、親が出れば子も出、その子がまたと、三代にもわたって出ているような人びとがたくさんいるということも、伝統を確かなものにしていると思うと、小田校長は言った。

賢治の後輩として盛岡中学から岩手大学に進んだ。賢治の作品「農民芸術概論」とその生き方に魅せられて、敗戦後の一時期父親と二人で山奥に入り、開拓もしたことがあるという小田校長に牽引されて、今、花巻農業高校は威風堂々とイーハトーヴの野を行進している。

第十七章　教育は芸術なり

今、全国の高校以下の標準的な公立学校では、校長、教頭（経営者）。主任（管理職）。教諭（ヒラ社員）。産休補助教員、講師など（零細下請け）。というはっきりした身分序列が出来てしまっている。

その構造からいっても、やっていることからいっても、P・T・Aという株主に監視されながら、いかに他の人材製造工場との競争に勝って、有名大学へ製品を送り込むかと、必死に戦っている工場であるとも言えそうなのだ。

しかもこの状況は、大きく変えることはもう不可能に近いのだと私は思っている。それが、制度として最も熟しているのだから仕方がない。

たとえば、産休補助教員のような人たちのおかれているひどい条件と、正規の教員の遇され方、そうした格差も縮まるはずはない。歯に衣着せず言うが、縮まって困る理由がこの国には多すぎるからだ。

子供たちのおかれている諸条件についてもまた同じである。

さて、今の教育問題の中で一番大きな問題点となっていることは二つある。

①子供たちが苛酷な受験勉強を強いられ、人間的なゆとりある時間を持てない。応用力の秀れた子供が育ちにくい。

②年々ひどくなる非行。

である。

①に関しては、この国のエスタブリッシュメントとして求められているのがまさにそれなのだから変えられようもないということを前述した。

ただ、民間（および一部の公共組織にも）が、純然たる経営戦術として、応用力のある豊かな人格の人材を欲しがるという例外はあるはずである。さもないと、この激しい国際競争の時代をやってゆけなくなるという面がある。

単に知識のチップを詰め込ませるだけでない、もっと有機的ともいえる応用のきく知識と実践を与える教育が出来ないものかという人びとの希い（ねがい）は、そこに活路を見出すことが出来そうなのである。

私の視座はまさにそこにある。

小さな自治区として、またオアシスとしてしか成り立ち得ないかもしれないことを熟知しながら、しかもなお普遍的な言葉として、いつか理解される日がこないものかと希いながら、この本を書いている。

日本中の子供たちが、一人ひとり、プライドも才能も個性もちがうのに、ただ一つのルールで走らせられていることは悲劇である。何とかならないものか、何か手だては見つからないものかといつも考えている。

これまでに幾つかの提案をしたこともある。

①早い時期からの職業教育の開始。中学の段階からすでにカリキュラムに組入れるべきである。
②もちろん途中からの軌道変更が十分可能なように、各段階での検定制の導入をする。
③それは普通科課程では飛び級制にも連動させる。
④中学、高校を職業課程で進み、技能、知識が秀れている者は、西ドイツのマイスター制度と同じ形で手応えある資格が与えられるようにする。
⑤大学は超研究コース、専門コース、一般コースに、もっと開き直ってはっきり分ける。

⑥超研究コース、一般コースをたどろうとする者にとっては、○×式の知識の詰めこみ勉強はマイナスである。したがってたとえば物理、化学、生物などと分かれている科目を、基本的には「博物」として統一して学ぶようなシステムに変えてゆく。
⑦単位の撤廃。学ぶということは、時間数で量るべきものではない。
⑧教師、講師のもっと大がかりな外部からの招聘。
⑨課外のいろいろなコンクールを増やし、全国規模のセレモニーをいくつも作ること。栄誉の分散である。
⑩それらの基盤には、悪平等はけっきょく誰をも幸せにしないのだという、タブーになってしまった真理を認識させることがある。そのために「個性」という言葉が再確認される必要がある。
⑪野の教育（畑仕事、動物飼育、探険など）の充実で、子供たちの心に酸素を与えること。
⑫ボランティアを必須科目にし、これだけは単位制とする。「入れ物があっても中身がなければ何もならない」と言う前に、まず入れ物を作り、それに馴れさせなければならない。そうしなければならないほど、今は民度が低下しているのだ。

もし今賢治が生きていて、この教育の荒廃を目にしていたなら、何と言うのだろうか。

私のこんな提案をどう受けとめてくれるだろうか。

何年か前、東北新幹線の上野から北上までの工事が終わって、その試運転が行なわれているときに、たまたまチャンスがあって乗せてもらったことがあった。在来線のルートとは大きく離れて山の中をぬってゆく列車の沿線風景は、山、また山、そして草地や人里離れた小さな集落ばかり多くて、私は、一世代も前の農村風景の中にタイムスリップしてしまったのかと思った。

その東北新幹線に、私はほとんど毎月乗って花巻へ通いつづけている。ほんの何年かの間に、沿線の景色は激変し、新しい工場や住宅団地、はては新しい駅や街まで出来てしまった。

あの「虔十公園林」の町のようにである。

そのたびに山が崩され、野面がコンクリートで舗装されてゆく。蛍のいた川は、底までセメントで固められた溝に変ってしまい、澄んだ水ではなくなって、農薬混じりの奇怪な濁りをもった水を流すようになってゆく。

そうしたことの全てを押しとどめて、農村を高度経済成長時代以前のかたちに閉じ込めておけ、というふうな考えは、私は持っていない。とめどなく物質的な生活の便利さを追い求め、それを手にしたあげく、「都会暮らしで疲れた神経を安めるために緑が欲しい」という都会人のために、農村が植民地となっていなければならない義理はない。農村もまた発展すべきなのだ。

しかもなお私は、東北新幹線沿線の光景に限らず、この国のいたるところで見られる農村の急変貌ぶりには危惧を感ぜずにはいられない。

適度な人口と節度ある進歩だけを考えていれば、私たちの住む列島は、緑豊かに四季の恵みに包まれて、千年もの平和が約束されているかのように思われる。

それなのに、山を崩し、谷を埋め、国中を平らな金属とコンクリートの面にしてしまわなければならない、といった暗い情熱に取り憑かれてしまっているのだ。

平らにならされようとしているのは、国土ばかりではない。自然の息吹きを聞くとか、いきとし生けるものをあわれむとか、約束を守る、弱っている者に手を差しのべるといった佳き価値と、悪しきものを、価値観の多様化などと言って煽って掻きまぜてしまう風潮がある。それもまた叡知の山脈を切り崩して、人を人として最も低い水準に圧しならしてしまうことではないだろうか。

今地球は、それでなくとも不気味な砂漠化への道を歩んでいる。日本のように意図的に活発に山や田を切り崩したりしていないのに、北アフリカ、中部アフリカ、南米、オーストラリア、カリフォルニアなどでは、信じられないほどの速度で砂漠が広がりつづけ、農地や町を押し潰している。

緑を守るために学ぶ、闘うということは、地球的な意味での正義なのである。

なのに日本では、祖先たちが営々として築いてきた田に稲を植えるなという。植えずにいられるものかと言って植えた者には、まだ青い稲を刈らせ、手錠をかけて引いてゆく。植えずに草ぼうぼうにさせておけば、金をやると言う。そう言って農民たちを堕落させようとする罠がある。

老子は、「国は出来るだけ小さく、民の数は少なく、互いに自給して、隣りの国同士もあまり往来しないのがいい」という言い方で、理想の世界像を描いてみせた。

それは単なる閉じこもりの思想ではなく、誇りに充ちた知恵の世界なのだ。

そして、いうまでもなくそれを支えるものは自給自足である。

人間の尊厳というのは、自分の力で生き、生き終えられるということである。

なのに、近代という病いは、人びとが分業し、とめどなく細かく専業化してゆくことを進歩だ、文明だと錯覚した。

そうやって、一人びとりがほんとうは自立出来る自分のドラマの主人公として一生を終えていた太古をばかにし、システムの奴隷として生きざるを得なくなってしまった。


個人としてそのようにはなりたくないと思っても、海幸彦山幸彦のあの時代の哀しみを経てきてしまったわれわれには、どうすることも出来ない。

せめて、精神の世界でそれを果たそうとする以外には、もうないのである。

それにしても、この先に待っている二一世紀という時代は、どんな時代になるのだろうか。

やれ経済の発展だ、円の威力で世界中の産業を支配するのだと言ってみたところで、それがどう心をうるおしてくれるというのだ。

しかも、今、この国の貧しき民度を考えるとき、立て直せる見込みはない。

ないのだがでも、このヘドロのような国の歴史の中にもただ一筋、細長いオアシスのような思索と実践の回廊が隠されていたのだということはある。

賢治はその魂のシルクロード・オアシスのうちの敦煌にも似た大きな一つなのだ。さすれば私は、それを伝える伝え部だろう。宮沢賢治のさらなる伝え部として、ときにはオアシス回廊守る修羅ともならねばならないのだと覚悟している。

オアシスの誇りの系譜は、つづられつづられてゆかなければならない。必死につづる努力をしなければ、せっかく祖先たちが遺してくれた佳き文化が、息絶えてしまう恐れがある。

未来は、洞察力の貧しい楽観主義者たちが言うような輝ける時代では決してない。とめどない魂の砂漠化しか先にはない。

そんな中で、一筋の細い流れを守ることで、私たちは、半端な「未来」などというものよりもさらに遠くにある、「いつか」に向かって、かすかな希望をつなぎとめられるのである。

宮沢賢治　教育関係年譜

年	年齢	事項
一九二〇（大正九） 盛岡高等農林学校本館	二四	**五月** 盛岡高等農林学校研究生修了。関豊太郎教授から助教授に推されたが辞退。就任するにあたっては、学校の備品などを整備するための寄付金を出すことなどが条件につけられていた。 **九月** 「柳沢」改稿。 **一〇月** 妹トシ花巻高等女学校教諭となる。 **一二月** 保阪嘉内への書簡中国柱会へ入会したことを告げる。国柱会田中智学（一面識もない）の命令ならばシベリアにでも支那の奥地にでも行く、下足番として一生を終えてもいいと言っている。大いなる試行錯誤のはじまりである。
一九二一（大正一〇）	二五	**二月** 上京、在京中のクラスメイト鈴木延雄を訪ね、袴を借りて国柱会に行く。国柱会では理事、

講師兼受付の高知尾智耀が応待したが、無断家出であるためかかなり適当にあしらわれている感じがある。

そのまま東京に居つき、本郷六丁目の文信社という謄写印刷所に勤める。仕事はガリ版切り。歩いて五、六〇〇メートルのところの、「うなぎの寝床のように細長い」四畳間に下宿していた。

四月　心配した父政次郎上京。二人で伊勢旅行。京都、奈良にも行く。

八月　妹トシ病状悪化「トシビョウキスグカエレ」の電報に直ちに帰花。花巻駅に出迎えた弟清六は、書きためられた原稿のびっしり入った大トランクにびっくりした。大トランクには「蜘蛛となめくじと狸」「風野又三郎」など多数が入っていた。

八月　「竜と詩人」「かしはばやしの夜」

九月　「月夜のでんしんばしら」「鹿踊りのはじまり」

妹トシ女学校退職。

一〇月　「注文の多い料理店」

一一月　「狼森と笊森、盗森」

一二月　「雪渡り」（愛国婦人に投稿）

一九二二（大正一一）

稗貫農学校校舎

二六

稗貫郡立稗貫農学校教諭となる。八号俸（八〇円）。
花巻高等女学校教諭として、トシと入れ違いに着任した藤原嘉藤治と知り合い、以後生涯の友となる。
保阪嘉内あて書簡の中で、「授業がまずいので生徒にいやがられて居りまする」と書いている。初めは慣れないせいか早口で生硬な授業しか出来なかったことは、当時の生徒たちの証言にもある。
「烏の北斗七星」「冬のスケッチ」整理。ボーナス五円。

一月
「屈折率」「くらかけの雪」草稿に日付あり。「カーバイト倉庫」「コバルト山地」「水仙月の四日」「花椰菜」「あけがた」「丘の眩惑」

二月
「精神歌」
同じ高農卒の川村悟郎、堀籠文之進により「精神歌」作曲される。

三月
稗貫農学校第一回卒業式。
藤原嘉藤治より指導された生徒たちが「精神歌」を歌った。

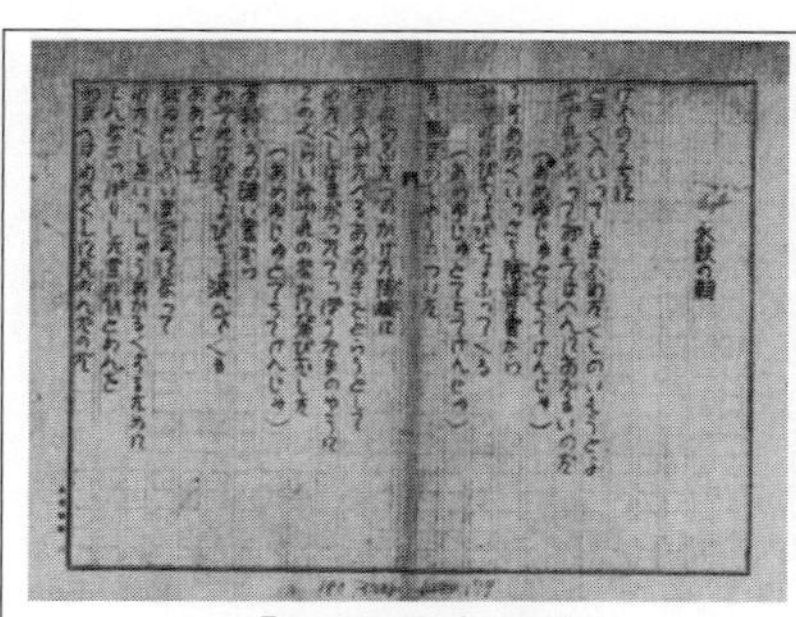

「永訣の朝」原稿

修学旅行に行かれなかった生徒一〇名のために最初のオリジナル戯曲を書く。タイトル不明未発見。

四月　農学校入学式。長坂俊雄、沢田忠雄ら入学。
新しい校舎の敷地が決まり、職員、生徒共同で整地作業にいそしむ。
賢治丸坊主をやめ髪をのばし、ポマードをつけたりしてしきりに茶目っ気を表わすようになった。「山男の四月」「春と修羅」「陽ざしとかれくさ」「雲の信号」「風景」

五月　「習作」「休息」「おきなぐさ」「かはばた」「真空溶媒」「蠕虫舞手」「小岩井農場」「手簡」

六月　「林と思想」「芝生」「青い槍の葉」「飢餓陣営」「風景観察官」「岩手山」「高原」「印象」「高級の霧」「厨川停車場」
七号俸（九〇円）となる。

七月　トシ下根子桜の別宅（後の羅須地人協会）に移す。

八月　「イギリス海岸」「天然誘接」「原体剣舞連」
校舎新築工事はじまる。同時に県立移管の陳情。その陳情書を賢治が書く。

九月　「グランド電柱」「山巡査」「電線工夫」「たび人」

「銅線」「滝沢野」「東岩手火山」
学校で「飢餓陣営」上演。
「栗鼠と色鉛筆」

一〇月 妹トシ豊沢町の自宅へ戻す。

一一月 トシ逝去（二七日）安浄寺にて葬儀（二九日）。
「貝の火」教室で朗読。
「永訣の朝」「松の針」「無声慟哭」

一九二三（大正一二）　二七

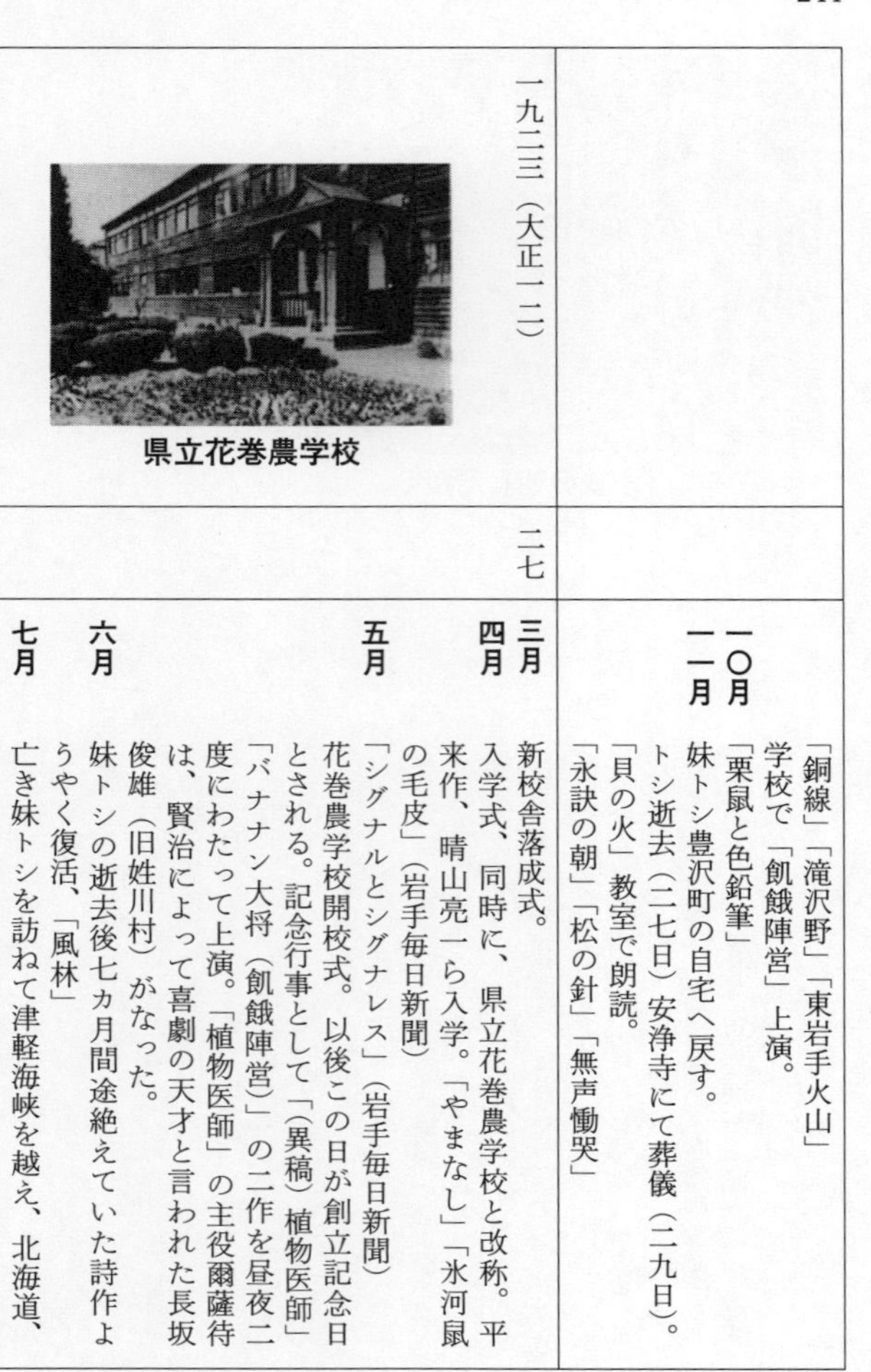

県立花巻農学校

三月 新校舎落成式。

四月 入学式、同時に、県立花巻農学校と改称。平来作、晴山亮一ら入学。「やまなし」「氷河鼠の毛皮」（岩手毎日新聞）
「シグナルとシグナレス」（岩手毎日新聞）

五月 花巻農学校開校式。以後この日が創立記念日とされる。記念行事として「（異稿）植物医師」「バナナン大将（飢餓陣営）」の二作を昼夜二度にわたって上演。「植物医師」の主役爾薩待は、賢治によって喜劇の天才と言われた長坂俊雄（旧姓川村）がなった。

六月 妹トシの逝去後七ヵ月間途絶えていた詩作ようやく復活、「風林」

七月 亡き妹トシを訪ねて津軽海峡を越え、北海道、樺太旅行（三一日出発）。むろん旅行には付随した目的もあった。農学校生徒二人の就職依頼である。

八月　「青森挽歌」「青森挽歌三」「津軽海峡」「オホーツク挽歌」「樺太鉄道」「鈴谷平原」「噴火湾」「不貪慾戒」「雲とはんのき」「宗谷挽歌」

九月　「宗教風の恋」「風景とオルゴール」「風の偏倚」「昴」「第四梯形」

一〇月　「火薬と紙幣」「過去情炎」「一本木野」「鎔岩流」

一二月　「冬と銀河ステーション」
ボーナス一〇〇円。

一九二四（大正一三）　二八

心象スケッチ『春と修羅』
自費で出版

二月　「空明と傷痍」

三月　「五輪峠」「丘陵地を過ぎる」「人首町」「晴天恣意」「塩水撰・浸種」「早春独白」

四月　入学式。瀬川哲男、根子吉盛、斉藤盛ら入学。
「休息」「烏」「海蝕台地」「山火」「嬰児」「どろの木の下から」「いま来た角に」「北上山地の春」
『春と修羅』刊行

五月　「日脚がぼうとひろがれば」「日はトパースのかけらをそゝぎ」「馬」「つめたい海の水銀が」「鳥の遷移」

一九二五（大正一四）

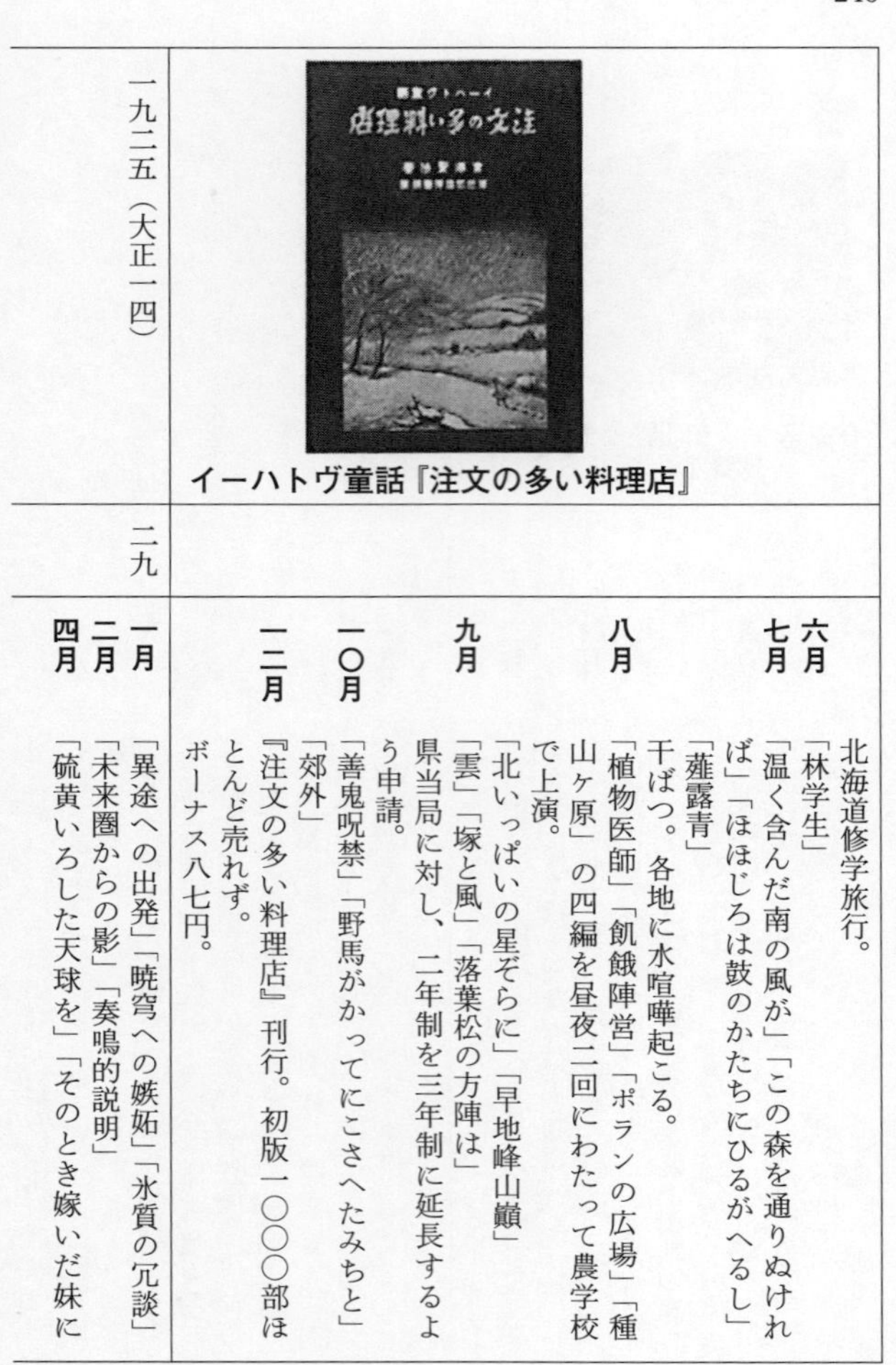

イーハトヴ童話『注文の多い料理店』

二九

六月 北海道修学旅行。

七月 「林学生」「温く含んだ南の風が」「この森を通りぬければ」「ほほじろは鼓のかたちにひるがへるし」「薤露青」

八月 干ばつ。各地に水喧嘩起こる。「植物医師」「飢餓陣営」「ポランの広場」「種山ヶ原」の四編を昼夜二回にわたって農学校で上演。

九月 「北いっぱいの星ぞらに」「早地峰山巓」「雲」「塚と風」「落葉松の方陣は」県当局に対し、二年制を三年制に延長するよう申請。

一〇月 「善鬼呪禁」「野馬がかってにこさへたみちと」「郊外」

一二月 『注文の多い料理店』刊行。初版一〇〇〇部ほとんど売れず。ボーナス八七円。

一月 「異途への出発」「暁穹への嫉妬」「氷質の冗談」

二月 「未来圏からの影」「奏鳴的説明」

四月 「硫黄いろした天球を」「そのとき嫁いだ妹に

云ふ」「はつれて軋る手袋と」「春」「風が吹き風が吹き」

入学式。

樺太真岡へ就職させた教え子杉山芳松への書簡の中で「わたくしもいつまでも中ぶらりんの教師など生温いことをしてゐるわけに行きませんから多分は来春はやめてもう本当の百姓になります。そして小さな農民劇団を利害なしに創ったりしたいと思ふのです」と書いている。すでに退職の気持はあったのだ。

五月 父政次郎花巻川口町町議選に立候補、最高点で当選。職員室でひとしきりその話題が出、畠山校長は、「自分は政次郎に入れるよう照井に頼まれていたが、他の立候補に入れた」と話した。このため怒った照井謙次郎(剣道教師)は、石で校長の顔面を打ち、昏倒させた。賢治は授業中で居合わせなかったが、このことに大いに心を痛め、退職の引鉄の一つにもなった。

「つめたい風はそらで吹き」「Largoや青い雲滃やながれ」

六月 五号俸（一一〇円）。

七月　「鉱染とネクタイ」「岩手軽便鉄道七月」
弟清六（弘前）への書簡の中に「こっちは愉快な仕事がうんとある。大いに二人でやらうでないか。おれたちには力はあるし慾はない。うまく行っても行かなくてもたのしく稼がうではないか」という言葉がある。

八月　「渓にて」「河原坊」

九月　「住居」

一〇月　「告別」。この詩の中に「それらのひとのどの人もまたどのひとも五年のあひだにそれを大抵無くすのだ。生活のためにけづられたり自分でそれをなくすのだ。すべての才や力や材といふものはひとにとどまるものでない。ひとさへひとにとどまらぬ。云はなかったが、おれは四月はもう学校に居ないのだ。恐らく暗くけはしいみちをあるくだらう」という言葉がある。

一一月　校長畠山栄一郎、福島県立東白河農蚕学校長として転出。自由かったつな校長の転出に賢治はがっかりした。替って着任した新校長中野新佐久は、それまで校長室がなかったことを怒り、さっそく作らせたりする細かな神経

一二月

の権威主義者だった。

弟清六への書簡の中に「この頃畠山校長が転任して新らしい校長が来たりわたくしも義理でやめなければならなくなったりいろいろごたごたがあったものですから」という件りがある。

一九二六（大正一五）

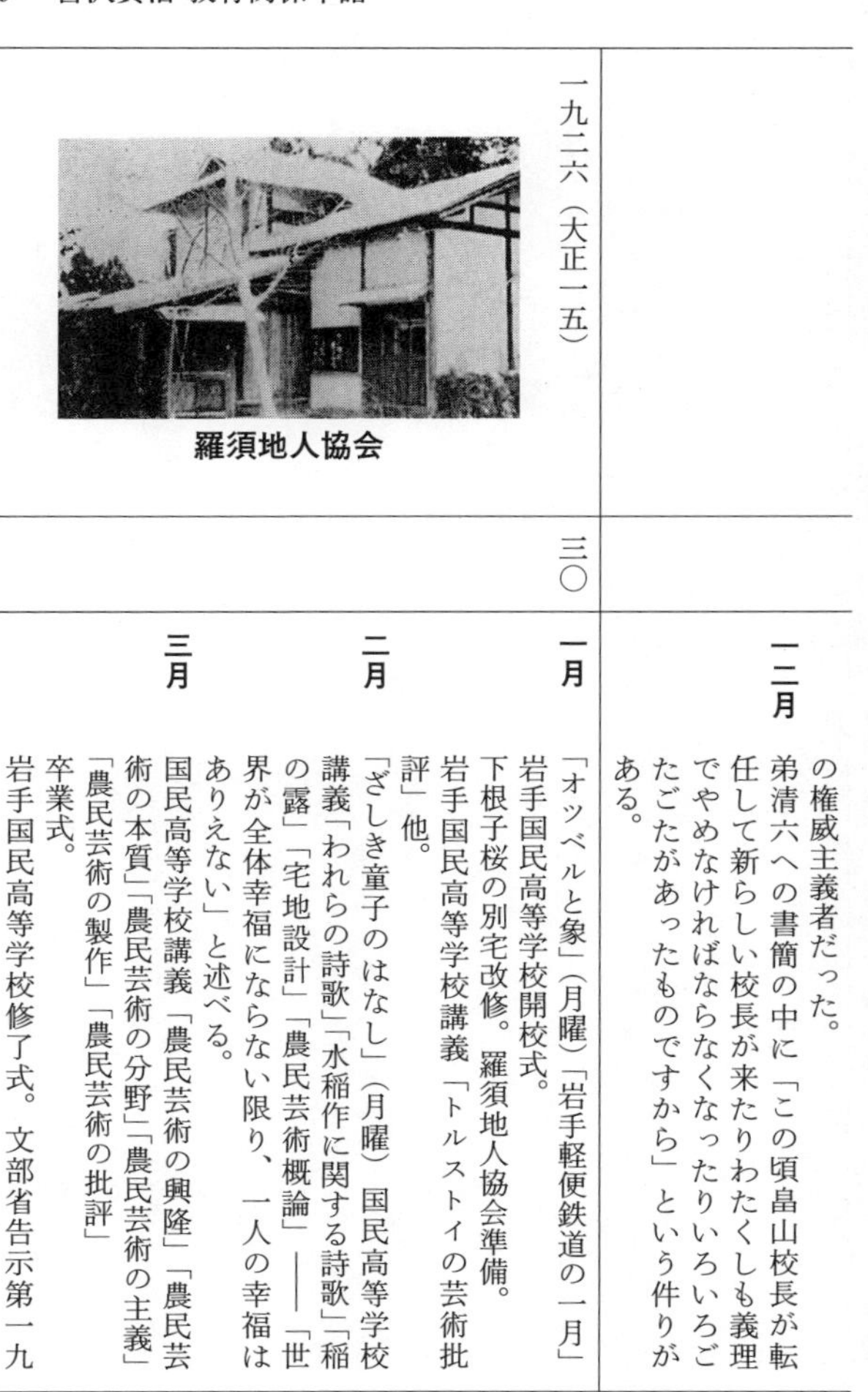

羅須地人協会

三〇

一月

「オッベルと象」（月曜）「岩手軽便鉄道の一月」

岩手国民高等学校開校式。

下根子桜の別宅改修。羅須地人協会準備。

岩手国民高等学校講義「トルストイの芸術批評」他。

二月

「ざしき童子のはなし」（月曜）国民高等学校講義「われらの詩歌」「水稲作に関する詩歌」「稲の露」「宅地設計」「農民芸術概論」――「世界が全体幸福にならない限り、一人の幸福はありえない」と述べる。

三月

国民高等学校講義「農民芸術の興隆」「農民芸術の本質」「農民芸術の分野」「農民芸術の主義」「農民芸術の製作」「農民芸術の批評」

卒業式。

岩手国民高等学校修了式。文部省告示第一九

九号をもって四月より修業年限を三ヵ年に延長の件認可、これをもって甲種校に昇格となる。

四月

依願退職（三一日）

豊沢町の自宅を出て、下根子桜の別宅に住む。

（羅須地人協会）

後記

学校の教師という仕事は、それとほんとうに誠実に取り組んだら、音楽や絵を描くことよりも、もっと素晴らしい芸術行為なのだと、私は信じている。ある意味でそれは、神のごとくにして、相手の魂の琴線を調律し、かき鳴らすことが出来るのだから。

がしかし、そういう教師はめったにいない。いづらくさせる諸要素が、現代には多すぎるのだ。

教育の理念も、方法も、システムも、今や極限近いまでに管理され、巷にはただ無気力、無感動、無個性な教師があふれている。

これでいいわけがないではないかという熱い思いは胸の奥にくすぶらせながら、みんな息を詰めている。

私が語りかけたいのは、そんな人びとなのだ。

今やこの列島の地平の彼方まで覆いつくされてしまった教育砂漠の中で、私たちは、しかもなおルネッサンスへの最後の切り札として、こんな素晴らしい先行モデルを持っているのだという叫びなのだ。

問題の本質は、この国では、賢治が花巻農学校で教壇に立った六十数年前といささかも変わっていない。むしろ教師の仕事のやりにくさは、六十年前の賢治の時代の方が、もっとひどかったとも言えるかもしれない。

そんな中で、賢治は、今でいう○×式の授業法に真向から反対し、イメージと、ゆとりと個性を尊重する、はじけるように生き生きとした授業を、実践したのである。

あのころの紅顔の生徒たちももう八十。貴重な証言を埋没させてはならないと、歩き、聞き、推理を重ねてこの本が出来た。

間に合ってよかったとほっとしている。

教師時代の賢治の幻の授業を何としても再現したいという以前からの私の夢の第一歩は、とにかくこれで果たせたのだ。

執筆にあたっては、第十七章は、一部「地上」「東京新聞」に発表したものを大幅改稿して加えた。登場する方々への敬称は原則として略させていただいた。賢治作品の引用、および年譜作成には、筑摩書房「校本宮澤賢治全集」を参照した。写真を提供していただいたのは、瀬川哲男氏、宮沢賢治記念館、岩手県立花巻農業高等学校、そして花巻市役所。取材にあたっては、宮沢清六氏、佐藤成氏、小岩洋氏と小学館の松本陽一氏にお世話になった。厚く謝意を表します。

一九八八年九月

岩手山にて
畑山　博

※編集部注
宮沢賢治の作品引用文中に今日では不適切とされる職業の呼称等がありますが、原文のママとしました。

―――本書のプロフィール―――

本書は、一九八八年十一月に小学館より単行本として刊行された作品を文庫化したものです。

小学館文庫

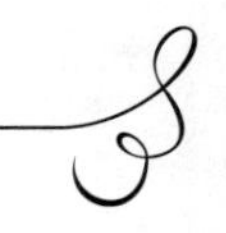

教師 宮沢賢治のしごと

著者　畑山 博

二〇一七年二月十二日　初版第一刷発行
二〇二〇年九月二十日　第二刷発行

発行人　飯田昌宏
発行所　株式会社 小学館
〒一〇一－八〇〇一
東京都千代田区一ツ橋二－三－一
電話　編集〇三－三二三〇－五一三四
販売〇三－五二八一－三五五五
印刷所――――大日本印刷株式会社

この文庫の詳しい内容はインターネットで24時間ご覧になれます。
小学館公式ホームページ　https://www.shogakukan.co.jp

ISBN978-4-09-406397-4